4○3小組，
警隊出動！

修訂版

顏瑜 著

目次

序章

簡育韋昨晚沒睡好，但一踏進公司，就又精神抖擻、興致盎然，這是他的習慣，也是他的反射性動作，因為他很喜歡他的工作，一直都很喜歡。

他是一位警察，基層警員，所謂的公司就是指派出所，畢業三年多的他已經不是菜鳥了，但在板橋這種人雜事多的大城市，他永遠有沒遇過的狀況、永遠有學不完的東西。

昨晚他才幫一位民眾將掉在樹上的東西撿回來呢，用的不是什麼方法，他就拿他的皮鞋去丟，結果民眾的東西掉下來了，卻換他的鞋子卡到上面去。

一切都是很有趣的，替人民解決困難、排除紛爭；抓小偷、追查贓車、尋找失蹤小朋友、見識見識社會的陰暗面，簡育韋很喜歡他的工作，隨時充滿挑戰。

「育韋，幾點的班呀？」更衣室裡，某個同事問道。

「午班呀，嘻嘻，但我明天放假，今晚八點就可以下班了。」簡育韋竊笑，他們派出所只要是最後一天班，都能提早二小時下班，是生活小確幸。

簡育韋換上了制服，看了看鏡子裡的自己，他的白膚很白，很少晒黑過，微微的朝天鼻讓他看起來有些稚氣，就是眉毛太短了，好像柴犬那樣只有一點點。

他走出更衣室，今天的第一班是巡邏，得和他的搭檔一起騎機車壓馬路兩小時，但他的搭檔現在還不見蹤影。

他的搭檔名叫王碩彥，是他的學長，已經從警十幾年，算老警察了。他們兩個被分配在一起，總是共同行動，上的班都一樣，默契也很好，被稱做「４０３小組」。

簡育韋是警察學校第40期畢業的，在校時又是第三中隊，所以就叫４０３，彷彿學號一樣，是識別他們彼此的一種號碼。至於王碩彥，他當年是藉由其他管道進入學校受訓的，他是特種警員班第４０３梯次的，所以也是４０３。

他們搭在一起，派出所的所長就戲稱他們叫「４０３小組」，因為在中央的刑事警察局裡也有個４０３小組，專門處理重大犯罪，大夥兒就用這個詞來調侃他們，期許他們要和４０３小組一樣厲害。

話說回來，十二點鐘的班，王碩彥還沒來，十分正常。他可不是遲到，而是連來都不想來。

「欸，阿韋啊，幫我簽出一下喔。」半個小時前，王碩彥才和他通過電話呢。

簽出就類似上班族的打卡，得在本子上簽名，證明自己開始上班了。此刻簡育韋不只簽了自己的名字，也一併簽了王碩彥的名字。

王碩彥估計還在家裡睡懶覺吧，他是出了名的摸魚大王，直接跳過遲到這個步驟，不來上班了，反正他的搭檔會罩他。簡育韋總愛戲稱他是稅金小偷，不做事也能領薪水。

巡邏的時間到了，簡育韋看了看時鐘，決定先去買個午餐吃——名義上雖是巡邏勤務，但總得先吃個飯，吃飽了才好工作，這沒什麼毛病。

路過值班台時，簡育韋順便問道：「奶瓶姊，妳要吃啥呀？」

值班台是派出所的門面，坐鎮的警員負責接一一〇電話，此時是一個綽號叫「奶瓶姊」的女生擔綱，她回答：「幫我買個飲料好不好？」

「好呀，妳要什麼？」簡育韋腦筋動得很快：「又是綠茶多多對吧？」

「賓果。」奶瓶姊開心的說：「真厲害，才幾次就記得我喝什麼。半糖少冰唷，謝謝。」

「好的，嘻嘻。」

奶瓶姊從警六年了，比簡育韋還資深，皮膚很白，好像牛奶，人如其稱。而這個綽號是王碩彥發明的，全派出所都這樣叫她，挺可愛的。

簡育韋騎著警用機車，在街上晃來晃去，一面巡邏一面買午餐，想著要吃什麼。不料無線電卻突然響起，傳來通報：

「勤區六三五，六洞呼叫。」簡育韋的代號是六三五，是奶瓶姊在呼叫他，

「六三五回答。」簡育韋說。

「那個，民眾報案說……」奶瓶姊有些支吾其詞：「新海橋下有『鯊魚』，你趕快過去看看。」

「鯊魚！」簡育韋立刻停下機車。

這裡的「鯊魚」並不是指真的鯊魚，而是警界特有的名詞，意指「屍體」。鯊魚案就是指有人死亡的案件，為了怕觸霉頭，派出所的餐廳裡也通常不會出現鯊魚煙等等料理，警界有許多這類迂迴的稱呼。

然而即使不是真正海裡的鯊魚，出現了「鯊魚」，也夠棘手了——奶瓶姊的意思是，新海橋下出現了屍體，請簡育韋趕快過去看看。

簡育韋立刻調頭，往新海橋的方向騎去。那橋的下方是一條大河，這麼說來就是浮屍囉？

但簡育韋想想不對，途中又停了下來，他覺得自己沒有能力處理這件事情，他得報告他的搭檔，也就是他的學長王碩彥，發生了鯊魚案這種大事，王碩彥不來也得來了。

「什麼，鯊魚！」電話另一頭的王碩彥一聽到，馬上從床上跳起來：「剛剛通報的嗎？」

「對。」簡育韋暗笑，學長也會有緊張的時候呀。

「阿韋吶，你先到現場，然後什麼也不要做，等我到，知道嗎？」王碩彥交代，並傳來穿衣服的聲音。

「遵命。」

「什麼也不要做啊。」王碩彥再次叮嚀。

發生了死亡案，還是要快點到，簡育韋騎著機車上橋，很快就在橋邊發現一堆人，他們指著底下的河水議論紛紛，顯然就是報案者。

「怎麼啦？」簡育韋騎到他們旁邊問。

其中一位阿伯見到警察來了，便用台語說道：「大人啊，剛才下面有一個像屍體的東西，現在不知漂到哪裡去了。」

果然是浮屍呢，簡育韋立刻停下機車，靠到橋邊向下探望：「沒關係，我現在去找，它剛剛是在哪個位置？」

新海橋很高，底下流水量很大，河面又反光，隨便一個垃圾袋或一叢水草，看起來都像浮屍。民眾們七嘴八舌說不出個所以然來，簡育韋決定下橋去看看。

這條河叫作大漢溪，上游水從桃園來，下游匯入淡水河，簡育韋不禁想像，要是等會兒王碩彥來，一定會抱怨為什麼上游的居民不早點發現屍體，若早點發現，就是桃園那邊的警察要處理了，而不是他們來蹚這渾水。

簡育韋將手捲成望遠鏡的形狀，朝著河面查看，這裡的草很高，穿著長褲皮鞋都覺得皮膚不舒服，被搔得癢癢的。

他找了一會兒，在橋上居民的比手畫腳之下，終於找到了那隻「鯊魚」。它在數百公尺遠的地方，像扁掉的皮球漂在河面上，屍體的臉朝下，埋在水裡，只有背部膨脹，鼓起來浮在水面上。

簡育韋不是第一次看到屍體，但見這不妙的死狀，立刻收起笑容，不敢再開玩笑。

屍體沿著河水緩緩漂向下游，他便跟著它在河畔走，打撈不是他的工作，而是消防隊的工作，在消防隊還沒來之前，他只能默默的陪著它。

「怎麼樣了？」此時，王碩彥終於來了。

王碩彥騎著警用機車穿進河畔，硬是從半人高的雜草中騎了過來。他年紀並沒有很大，三十歲不到，卻渾身帶著一股江湖味，比起簡育韋那張人畜無害的娃娃臉，他更有男子氣概，臉上帶了些鬍渣，一副剛起床的模樣，而他也確實剛起床。

「在哪裡？」王碩彥停下機車，劈頭就問。

「那邊。」簡育韋用手比著遠方：「水草那裡。」

王碩彥走到河邊，凝視著浮屍的位置，陷入沉思。

簡育韋不知道他在想什麼，但也不敢打擾，屍體的處理流程簡育韋是懂的，但王碩彥總會有別的主意，每當王碩彥露出這種表情時，簡育韋便明白他另有盤算。

「我們等。」王碩彥說道，淡定的拿出一支菸，就在河邊抽起來。

「等什麼？」簡育韋不解的問：「等消防隊嗎？」

「唉，阿韋，你跟在我身邊這麼久了，還不知道我的個性嗎？」王碩彥皺起眉，痞痞的叼著煙說道：「不是我們的案件，我們就不要碰，跟別人搶幹什麼呢？做人要厚道一點。」

簡育韋聽出端倪，王碩彥這是要「推案」的意思？難道這隻「鯊魚」他有辦法推給別人？

「真拿你沒辦法。」王碩彥見簡育韋一臉茫然，只好給點暗示，指著河面說：「這條大漢溪，中線以南是我們的沒錯吧？」

「嗯。」

「中線以北，是新莊的沒錯吧？」

「嗯嗯。」簡育韋點頭。

這一河段的大漢溪，從中線劃開，分別屬於不同警察單位管轄。中線以北，屬新莊分局的轄區，中線以南，則屬板橋分局的轄區，也就是簡育韋和王碩彥的單位要管。

但簡育韋看了看，浮屍不管怎樣都是在中線以南，沒有任何模糊的空間，所以警察局的案件派遣中心才會通報給他們處理，而不是通報給新莊分局。

「笨吶。」王碩彥沒好氣的搖搖頭：「現在是我們的，又不代表以後還是我們的。」他舉起手中的菸蒂，讓白煙裊裊昇起：「你看現在風往哪裡吹。」

簡育韋只看了一眼就反射性回答：「北邊？」

「沒錯。」王碩彥勾起嘴角，朝浮屍瞄了一眼，解釋起，它現在雖然還在中線以南，但風往北吹，水流也順著偏向北邊，再過不久它肯定會漂到北邊去，進入新莊分局的轄區，到時候他們就不必處理了。

「哇，學長你也太聰明了吧？」簡育韋佩服的說，處理死亡案真的非常麻煩，要是能不用處理，那真是鬆了口氣：「嘻嘻，果然是資深大學長！」

「先祈禱消防隊慢點到吧，在打撈起來之前，屍體算誰的還很難說。」王碩彥淡然的凝視著河面：「但風會還我們清白的。」

王碩彥就是這樣的一個人，他在警界打滾十幾年了，深知工作上的各種訣竅及偏門方法。你要說他摸魚也好，警察要處理的事情太多了，一天工作十二個小時，日夜輪班，如果不能學會摸魚，從勤務中偷時間休息，那真的會累死。

有句話是這樣講的，從開始學會了摸魚，你才算得上是真正的警察，要是啥都去湊一腳，親力親為，身體根本吃不消，警察的工作是很繁重的。

「欸，學長，我看它好像不會漂到北邊耶。」簡育韋說道，他蹲在河邊，一直在觀察浮屍的動態。

理想很美，現實卻總是打臉，風雖然往北邊吹，但浮屍卻左搖右移、載浮載沉，漂得慢就算了，動向還捉摸不定。照這個速度下去，天黑前能不能漂到新莊分局的轄區，還說不準。

王碩彥咬著嘴唇，見苗頭不對，便決定不再等了：「走。」

「咦？走去哪？」簡育韋站起來：「學長你放棄了喔？」

「放棄個屁，我們今天是最後一天班，晚上就放假了欸。」王碩彥白了他一眼：「這隻鯊魚要是處理下去，熬夜做到明天能不能弄完都不知道。」

「那怎麼辦？」

「三分天註定，七分靠打拚，既然天不幫我們，我們就自己動手。」王碩彥意有所指，朝簡育韋招呼一聲，帶著他就往橋墩下方走去。

只見他從橋墩底座找來了幾根長棍子，再拔了幾根雜草當繩子，將棍子的頭尾接起來，原地做起DIY勞作。簡育韋不懂王碩彥想幹嘛，但他知道王碩彥從來不做無謂的事，因此也在一旁幫忙，找了些特別長的芒草來當繩子。

很快的王碩彥就將棍子全接起來，合成了一跟超長的棍子，然後他拎著棍子走回原處，還刻意將棍子藏得很低，怕被人看到。

圍觀的民眾都在橋上，他避開那些人的視線，將棍子放進水裡，往浮屍的方向不停延伸。棍子自身很輕，像竹篙那樣中間有空氣，能浮在水上，推過去並不吃力，才一會兒工夫，棍子就頂到了浮屍的身體。

簡育韋知道王碩彥想做什麼了，滿臉囧的問：「學長，你該不會……想用棍子把屍體推過去新莊吧？」

「小孩子話不要亂講，哪裡有棍子？」王碩彥一臉正氣凜然的說：「還不快來幫我推！」

棍子在水中抵著浮屍，在簡育韋和王碩彥的施力下，神奇的事發生了，浮屍開始快速的移動，硬是從中線以南往北漂，身體被棍子頂得都扭曲了形狀。

「慢點，慢點，你推那麼快要死啊，自然一點好嗎？」王碩彥叮嚀道，偷瞄橋上那些閒得發慌的圍觀百姓，故作無事的吹口哨：「戳小力一點，不然屍體上會留下窟窿的。」

「學長我怎麼感覺你很熟練，好像不是第一次做這種事？」簡育韋臉上三條線。

「說幾次了，小孩子話不要亂講！」

終於，在兩人的合作努力之下，浮屍漂過了河面中線，離開板橋分局的轄區，進入新莊分局的轄區，成為對面要處理的大麻煩。

王碩彥直接放開棍子，伸伸懶腰站起，頂上一片晴空萬里：「哎呀，今天天氣真好啊，風怎麼這麼大，哎呀，把我們的鯊魚都吹到對面去了，太過分了吧！」他笑瞇瞇的說：「可惜了，原本很想處理的說，這下沒輒了，只好請新莊過來處理了。」

「學長，我真是服了你呀。」簡育韋哭笑不得：「為了放假，什麼事都做得出來。」

「你說這話就太不厚道囉，我準時放假你不也跟著準時放假嗎？」王碩彥回答，他和簡育韋有革命情懷，上什麼班都黏在一起：「你才是最大得利者吧？啥也不用做就能放假。」

「欸，我哪有什麼都沒做，我剛剛也推得很用力耶。」簡育韋嘟起嘴，裝可憐的說：「況且我還幫你簽出……」

「好好好，下次請你吃東西好嗎？」王碩彥趕緊堵住他的嘴，幫簽出這事可大可小，傳出去可是會惹麻煩的。

「哼，你說的，那我要吃很貴的，嘻嘻嘻。」

危機就這樣解除了，一隻鯊魚，一個死亡案，處理起來沒有十二個小時跑不掉，既要查證死者的身分，還得去醫院調閱死者的病例記錄；找家屬做筆錄就更麻煩了，假如家屬住在屏東，或者更遠的地方，再久都得等到他們來。

他們的假日原本會毀在這件事上，但現在啥事都沒有了，鯊魚已經落在中線以北，跟他們沒關係囉。

簡育韋回報警察局的案件派遣中心，說現場勘查後，浮屍的管轄權屬於新莊，應該交給新莊處理。但現場還是要有警察，所以他們留在原地，等著與新莊分局的人交接。消防隊員此時已經到來，坐著橡皮艇將河中的浮屍打撈起來，小心翼翼的送上岸。

簡育韋忍不住靠過去湊熱鬧，令他們忙碌老半天的，畢竟還是這具屍體。

只見裹屍袋裡裝著一具腐爛發泡的身軀，散發著一股惡臭，簡育韋不好意思捏鼻子，只好屏住呼吸，大膽向前看：死者是一個男人，看不出幾歲，但至少有三十了。頭髮像水草一樣稀疏，都快被泡爛了，臉部臃腫，輪廓模糊不清。

浮屍一向都很難辨認身分，若查不出來歷，就得用「無名屍」辦理，非常棘手，所幸那已經不是他們要煩惱的事了。

「學長，可以留一下你的資料嗎？」一名消防隊員忽然朝簡育韋說。

「噢，好。」簡育韋遞出了他的警察證，交給對方去記錄。

同是公務機關的一分子，他們都會稱呼彼此為學長學姊，倒與年紀輩分無關，是一種禮貌與默契。況且警察和消防員，都是出自同一所學校，「台灣警察專科學校」，所以不管走到哪裡遇到誰，大家都名符其實是自己的學長姊。

「喂，簡育韋。」王碩彥不耐煩的朝他使了個眼色，離消防隊離得遠遠的：「該走了吧？」

新莊分局的警察和鑑識人員已經到場了，準備接下這具浮屍，王碩彥的意思很清楚，能快點溜就快點溜，別再待在現場了，夜長夢多，到時候又被捲進什麼事情就麻煩了。

於是簡育韋匆匆收回警察證，和新莊分局的人交代了一下，然後就跟著王碩彥開溜，騎上機車，兩人一前一後的離開了新海橋和大漢溪。

這是他們４０３小組今天頭一班的勤務，才剛起班就遇上這麼刺激的事，簡育韋覺得好有趣，樂不可支。然而王碩彥卻一臉懶散，一貫的睡不飽表情，彷彿什麼大風大浪沒見過，渾然不知他剛才的一連串「推案」舉動帶給簡育韋多大的衝擊和憧憬。

在簡育韋眼中，王碩彥像個百寶箱，面對各種狀況，他總有無數神奇的作法和撇步能解決問題，從沒被難倒過。大家都說王碩彥愛摸魚，成天擺爛啥事也不幹，但簡育韋知道不是這樣的，他的搭檔很有本領，曾經是分局裡的第一把交椅，只是後來經歷了一些事，所以心寒了，再也不願付出熱情。

不過這些都是後話，他們還沒吃午餐呢，還是先去買個飯來吃吧。

第一章

下午的最後兩個班，簡育韋擔任「備勤」，這可不如字面上是能躲在後台休息，充當預備警力的好勤務。「備勤」必須處理所有的臨櫃報案，從下午四點開始到晚上八點，這四個小時內不管是誰踏進派出所，簡育韋都必須替他們排解困難。

有時是東西不見，就必須調監視器、回原處找；有時是訴訟糾紛，就必須教導他們該上哪個法院求助；有時被人打了，還得替他做筆錄，討回公道。狀況五花八門，沒事的時候就沒事，倘若一次進來三、四個民眾，那可真會焦頭爛額。

現在正是很閒的時候，派出所內只有三個人，奶瓶姊依然在值班台接電話，簡育韋則在備勤台玩手機，等著民眾來報案，王碩彥則在後面的沙發看報紙。

奶瓶姊到後台去丟垃圾，一見到王碩彥在看報紙，便忍不住調侃：「鹽哥，聽說你昨天又被所長唸唷？」

「嗯。」王碩彥敷衍的回答，頭都沒抬。

「為什麼又被唸呀？你做了什麼？」奶瓶姊好奇的坐到他旁邊，備勤台的簡育韋也悄悄豎起耳朵偷聽。

鹽哥是王碩彥的綽號，全派出所上下都這樣叫他，只有簡育韋不習慣，覺得有隔閡。此外，這間派出所最大的主管就是所長，是他們的老闆，王碩彥和所長的關係也很奇妙，乍看之下王碩彥很混，老是被所長唸，但所長又很倚重他，偶爾會派給他一些祕密任務，全派出所只有他能辦成，不愧是403重案小組組長。

「哪還有怎樣，被檢舉了吧。」王碩彥輕描淡寫的說，所長的叨唸他一向當耳邊風：「唉，總有刁民想害朕。」

「被怎樣檢舉呀？」奶瓶姊問道，她素行很好，可從來沒有被民眾檢舉過。

「沒繫安全帶啊，開車沒繫安全帶，被刁民拍下來檢舉。」王碩彥不滿的說：「害林北噴了七百五十塊錢繳罰單，外帶被記了兩支申誡。」

坐在前面的簡育韋一聽差點笑噴，他知道這件事，因為他也是當事人之一，沒繫安全帶應該罰一千五，王碩彥之所以只繳了七百五十，是因為簡育韋繳了另外一半。

那天是這樣的，兩個人開警車巡邏，簡育韋負責駕駛，因為太悶就不繫安全帶，王碩彥見狀也跟著不繫，結果就被民眾敲車窗檢舉了，還質問為什麼警察知法犯法，不繫安全帶。

這事他們也沒什麼好辯解的，但簡育韋覺得是自己害了王碩彥：王碩彥是資深學長，帶頭領班，出了事要負全責，所以申誡記他的名字，罰單也開他的名字，被罵的都是他，簡育韋好像不存在一樣，完全沒事，只負責繳了一半的錢。

他原本想全繳的，但王碩彥沒接受，只和他一起幹醮了那個民眾祖宗十八代。簡育韋有時候覺得自己很幸福，資淺有資淺的好處，雖然平時要幫忙跑腿，處理學長不想做的雜務，但出了大事，全靠學長罩。

聊到這裡，王碩彥突然喊道：「喂，簡育韋，你的民眾來了，還在那偷聽。」他好像多長了隻眼睛一樣，明明坐在沙發區，卻感覺得到派出所門口的事。

簡育韋回頭，果然看到一對夫妻神色慌張的走進來，他立刻轉正身體，迎接對方報案。而奶瓶姊也趕緊走向值班台，回到她的崗位上。

「怎麼啦？」簡育韋請眼前的夫妻坐下，然後問道。

「警察先生，我兒子走失了，我要報案。」太太著急的說道。

「什麼時候走失的啊？他幾歲，有帶戶口名簿嗎？」簡育韋嚴肅的問道，拿出紙筆記錄。

小朋友是半個小時前走失的，當時夫妻倆要載他去上補習班，誰知一回頭就不見了，街坊鄰居出來幫忙找遍了，連個影子都找不到。

「我們很怕他是不是被拐走了。」太太哽咽的說道：「現在壞人那麼多，都怪我一時沒注意……」

「媽媽你別擔心，我們馬上幫你做失蹤協尋。」簡育韋打開電腦說道，茲事體大，走失的小孩還不滿八歲，說不定得通報社會局：「他那個時候穿什麼衣服啊？有揹書包嗎？」

簡育韋用電腦做著筆錄，不料才剛打幾行字，王碩彥突然出現在他身後，握住他手上的滑鼠，點擊叉叉直接將筆錄畫面關掉。

「學長，你幹嘛，我才剛打一半耶？」簡育韋有些委屈。

「你那麼急開案做什麼。」王碩彥斜了他一眼，大剌剌在他旁邊坐下，微笑的對眼前的夫妻問：「妳剛剛說他穿什麼顏色衣服？揹什麼書包啊？」

聊了一會兒，大致知道小孩的外貌特徵後，王碩彥朝值班台喊道：「奶瓶姊，派兩個巡邏網到這個地址去找人吧，說有小孩失蹤了。」

「好的，鹽哥。」奶瓶姊走過來，接下王碩彥記錄好的紙，用無線電通報巡邏的同事，派他們去找小孩。

「如果他們找到了，你不就不用做筆錄了嗎？」王碩彥悄聲說，彈了簡育韋的後腦一下，罵他笨。

「但流程不是應該先做筆錄，再派人去找嗎？」簡育韋納悶道。

「別那麼拘泥流程好不好？你先做了筆錄，等會兒要是人找到，豈不是又要取消掉。」王碩彥不以為然的說：「腦袋瓜要懂得變通，別老是做白工。」

「你覺得沒問題，就好啦。」簡育韋釋懷的說道：「嘻嘻，不會出包就好了，我相信你。」

「說得好像我的事一樣。」王碩彥癟嘴搖頭：「我是看不下去你這麼白痴，如果是別人我才懶得理。」

「好好好，感謝學長指導。」簡育韋笑道。

然而過了一會兒，派出去的巡邏網卻沒有找到小朋友，簡育韋有些不安，還是想做筆錄，倘若小朋友發生了什麼三長兩短該怎麼辦？

王碩彥卻壓住滑鼠，死活不肯讓他打字：「你再亂開案會被所長釘死我跟你講，這種未滿十四歲的失蹤，會變重大案件你知不知道？」

「那該怎麼辦，總不能不找吧？」簡育韋憂愁的說。

「我說過了，時間是警察最重要的夥伴，只要你沉得住氣，會有奇蹟發生的。」王碩彥說道，彷彿胸有成竹。他在和簡育韋一來一往搶滑鼠時，櫃檯之上仍維持著人民好保母的形象，關心的與報案夫妻說話，從他們小孩的鉛筆盒聊到營養午餐吃什麼，非常熱心親切，讓簡育韋一頭霧水，不懂這麼做有什麼幫助。

「不要發呆，假裝在做筆錄。」王碩彥將滑鼠還給他，叮嚀道：「要讓民眾看到你的同理心，現在打開網頁。」

「打開網頁？」

「點開YouTube。」

「YouTube？」簡育韋疑惑，但還是照做。

「嗯，喇叭記得關掉哦。」王碩彥接過滑鼠，點開了首頁的影片：「呵呵，這禮拜的狂新聞我還沒看勒。」

「……」

於是，王碩彥和簡育韋兩人就一面和報案夫妻說話，一面微笑的看著電腦螢幕。表面上好像在做筆錄，神情十分專注，實際上卻是在看搞笑影片。

如此滑稽怪誕的事，也只有王碩彥做得出來，報案夫妻倆永遠不會知道，他們面前的螢幕根本沒有什麼筆錄，而是播著兩隻鴨子打架的影片。

就這樣聊了半小時，兩人啥都沒做，簡育韋快按捺不住時，奇蹟真的發生了，報案太太的手機忽然響起，是鄰居打來的，說小孩已經找到了，自己跑回來家裡了。

「哎呀，找到了啊？」王碩彥站起來，顯得很驚訝：「那太好了呢，他沒受傷吧？」

「警察先生，真的對不起，我不曉得他是不想補習才躲在隔壁車庫。」報案太太一臉抱歉的說，和丈夫一起彎腰道歉：「真是麻煩你們了，還耽誤了你們一個多小時。」

「不會不會，小朋友平安無事就好，應該的。」王碩彥回答：「我們也只是調監視器而已，還請里長去找，哈哈，筆錄剛要做完呢。」

「哇，那怎麼辦？要不要銷案呀？」報案太太愧疚的問。

「沒關係，我們會處理。」王碩彥看了看螢幕的鴨子影片，和一臉無辜的簡育韋交換視線：「你們趕快回去看小朋友吧，沒事就好。」

「對不起，真的很抱歉。」

「真的勞煩你們了！」

後來，夫妻倆還送了一盒水果給派出所，十分感謝王碩彥和簡育韋幫忙，稱讚他們是最棒、服務態度最好的警察。

一起可能會很麻煩的兒童失蹤案，就這樣解決了。

「學長，你也太神機妙算了吧，怎麼知道小朋友會自己跑回來？」簡育韋收了收備勤桌上的文件，然後就跑到後台和王碩彥作伴。

王碩彥在沙發區翹著腳，大口啃著報案夫妻送的蘋果，一副老油條的模樣，簡育韋卻有心理障礙，知道自己什麼也沒做，可不敢吃。

「我不知道啊。」王碩彥回答。

「你不知道？」

「對呀，我怎麼知道小朋友會回來？」王碩彥理所當然的說道：「但我知道，你如果劈頭就把筆錄做下去，那肯定連一點轉機都沒有。當警察就是這樣，不要急，慢慢來，不見的贓車早晚會出現，跑掉的小偷也會再自己撞上門來，用時間換取空間，什麼事都好辦。」

簡育韋聽不太懂他這番話，只好問：「那如果小孩沒出現，你怎麼辦？」

「就做筆錄囉。」王碩彥攤手說道：「不然呢，我又沒有叫你不做筆錄，是叫你等等，小孩失蹤這麼嚴重的事，你要是拖到晚上就倒大楣了。」

「哇，我好像懂了。」簡育韋點點頭，內心湧起崇拜：「所以時間真的是自己在掌握，控制得好的話，有很多案件都不用做耶。學長你真的很厲害，連推案都這麼藝術。」

「當警察本來就是一門藝術。」王碩彥一臉滄桑的說道：「現在的年輕人啊，來什麼案件就受理什麼案件，警察的精神都蕩然無存了。」

「以前的前輩都很會推案嗎？」奶瓶姊被他們的對話給吸引，也靠了過來。

「什麼推案，講這麼難聽，這叫大事化小，小事化無，本來就不嚴重的事，何必搞得那麼浮誇。」王碩彥頭頭是道的說著：「比如今天有人說他手機被偷了，你怎麼處理？」

「開竊盜三聯單給他呀。」簡育韋回答，這是基本反應。

「錯，你開那麼多竊盜案，是要讓所長被罵嗎？好像我們轄區治安很亂，都沒有警察一樣。」王碩彥搖搖頭：「竊盜就是遺失，以後這樣開就對了。」

「啥？竊盜跟遺失不一樣吧？」奶瓶姊說道：「竊盜是東西被偷，遺失是自己把東西弄丟，找不到欸。」

「那你怎麼證明他的手機是被偷還是自己弄丟的？」王碩彥反問。

「呃，這個……民眾講的呀！」簡育韋說。

「民眾的話能信嗎？那今天有人跑進來，說他一台戰鬥機被偷了，你也要受理？」

「當然不……」簡育韋苦惱陷入沉思：「所以民眾說他手機被偷了，也要堅持說他是自己遺失？」

「聰明點，你要告訴他現在還在調查中，我們會幫你找手機，調監視器，而在那之前，你沒辦法證明是誰偷了你的手機，所以只能先開立遺失。」王碩彥解釋道，接著再使出一招殺手鐧：「他如果質疑說他這就是被偷，你就說我們是按證據說話，現在證據都還沒出來，他就要咬定是有人偷，那他得為自己的言行負責，在筆錄上簽名，大多數人就會知難而退了。」

「還有這招啊？」簡育韋和奶瓶姊都聽得目瞪口呆。

「當然，你不怕自己操勞，也得為國家想啊，發生那麼多竊盜案，治安敗壞，能看嗎！如果都是簡單的遺失案，那就天下太平了，我們又不是不幫他找手機，只是開的案類不一樣。」王碩彥義正嚴詞的說道，彷彿情操有多偉大，但實際上，處理竊盜案遠比遺失案還勞神，差了十萬八千里，當然要盡量大事化小，小事化無。

王碩彥的這番經驗傳承，不僅令簡育韋和奶瓶姊聽得津津有味，連剛巡邏回來的同事也被吸引，紛紛圍著王碩彥討教，大家你一言我一語，氣氛很是和樂。

這時，副所長卻從外面回來了，他一見值班台沒人，備勤台也沒人，整個派出所前廳空蕩蕩的，連個警察都沒有，不禁大發雷霆：「值班是誰啊，跑到哪鬼混了！」

奶瓶姊立刻跳起來，用衝的返回她的崗位，簡育韋也趕緊紮紮衣服，彎著腰偷偷摸摸溜回他的備勤台。

沙發區的其他同事一哄而散，副所長個性很機車，不像所長那麼好講話，要是被他逮住，一定會被罵得狗血淋頭。

王碩彥溜得慢了點，才想走出後門，就被副所長給逮個正著：「王碩彥，你什麼班啊？」

王碩彥立刻轉過身回答：「報告副座，要換班了，下一班查戶口。」

「查戶口還不快點去還槍？」副所長罵道，要王碩彥去歸還用不著的警槍跟子彈，然後看了看前廳的簡育韋和奶瓶姊：「整個派出所就你最資深，搞這什麼樣子，唱空城計啊？乾脆打烊算了！」

「報告副座，下次改進。」王碩彥隨便敷衍了幾句，吐了吐舌頭就開溜，不讓副所長有機會再發作下去。

簡育韋看著他的搭檔落跑，忍不住竊笑，明明不在崗位上的是他和奶瓶姊，卻又是王碩彥遭殃，當學長果然很辛苦呢。

※　※　※

熬過了一班備勤，還剩下一班，再過兩個小時就要放假了，簡育韋很開心，因為他今晚和女友有約，要一起去看電影。他希望能平平順順的度過這最後一班備勤，只要沒有民眾再進來，他就安全下莊了，沒事就是好事！

然而卻事與願違，就在他和幾個同事打哈哈時，不妙的事發生了——並不是有民眾報案，而是，他找不到他的警察證。

「咦？在哪裡？」

遺失警察證可是很麻煩的，要被記申誡，還要繳交補發的工本費。簡育韋正和同事們打賭誰的證件照比較醜，摸了半天卻找不到他的警察證，他將整個錢包翻出來，終於確定，他的警察證不見了。

「喂，阿韋，你可別想要賴喔，是不是證件照太醜，所以故意說弄丟？」同事A說道。

「哪有啦，你們快點幫我找，我真的找不到啦。」簡育韋苦笑著回答，心裡卻笑不出來。

他努力回想最近是否有用過警察證，會弄丟在哪個地方，然後他的腦海就浮現出答案，腸子都涼了半截——中午他和王碩彥在處理那具浮屍的時候，他有拿出警察證給消防隊抄寫，莫不是他沒收好，掉在現場吧？

「……」簡育韋臉都綠了，這下糟糕了，他非得回大漢溪去找他的警察證了，但他一點都不想回去，那可是白天撈起浮屍的地方呀，天都黑了還要回到那裡，得要有多倒楣才能發生這種事？

「我……大雄哥你幫我顧一下備勤台喔。」簡育韋沒有猶豫太久，他還是得回去找，他將工作交代給同事幫忙，然後就匆匆出門。

大漢溪離派出所只有五分鐘路程，簡育韋騎著警用機車，很快就到了白天那個橋墩旁。他拿出手電筒，在草叢中搜索，靠近柏油路的地方有一塊帶泥土的濕痕跡，是消防隊拖著裹屍袋上岸時留下的，怎麼看怎麼令人頭皮發麻。

「到底在哪裡啊？」簡育韋著急的找著他的警察證，恨不得趕快離開這鬼地方。

他冷靜的想了想，拿出警察證的時候是在柏油路上，他交給消防學長抄寫，然後再收回來。於是他離開草叢，在柏油路來回巡了兩趟，還是沒發現。

「該不會……」他越想越不對，當時收回警察證時一陣匆忙，他和消防學長中間就隔著那具浮屍，證件該不會掉到裹屍袋裡面了吧？

有這麼衰嗎！

「天呀。」簡育韋臉都綠了，覺得就是這麼回事，因為當時的氣氛，還有急忙拉上錢包的手感，證件很有可能就是掉了，掉進裹屍袋裡了。

所以現在……他的警察證和那具浮屍在一起。

「慘慘慘！」簡育韋舉著手電筒，不斷照著柏油路和草叢，十分苦惱：「現在該怎麼辦，要被記申誡了。」

「簡育韋，你在這裡做什麼？」此時，他身後傳來熟悉的聲音。

是王碩彥，王碩彥正穿著便服，騎著私人機車從河堤旁經過。機車上掛著鹹酥雞、肉圓和一堆食物，明明還沒下班，卻一副已經下班的樣子，整個放假的心都準備好了。

他還多買了一份晚餐要給簡育韋，沒想到卻在河堤道路遇上簡育韋，遠遠的，他就想怎麼會有一個警察蹲在路邊，湊近一看，果然是他那超蠢的搭檔。

「哎，學長。」簡育韋一看到王碩彥出現，眼淚都快冒出來了：「完蛋了啦，我的警察證不見了！」

「警察證？」王碩彥皺眉，緩步走下機車，叉腰看了看河畔：「這裡連個路燈都沒有，明天再來找吧。」

「找不到了，算了吧，不在這裡了。」簡育韋自暴自棄的說：「反正才一支申誡而已，小事。」

王碩彥聽出端倪：「你怎麼知道不在這裡了？」

「唉，學長，你還記得我們早上那隻鯊魚嗎……」

簡育韋娓娓道來，將他的揣測告訴王碩彥，說他的警察證很有可能掉進裹屍袋裡了，當時裹屍袋是打開的，拉鍊一拉起來，誰都不會知道裡面夾了張證件。

既然是掉在那種見鬼的地方，簡育韋索性就不找了，他寧願被記申誡，也不想去翻裹屍袋，被記十次都不想去！

「你傻了嗎？」王碩彥卻彈了他的額頭，有不一樣的看法：「現在就去把你的證件找回來！」

「咦？學長你不是最不在乎懲處嗎？」簡育韋納悶的嘟嘴：「才一支申誡而已，被記就被記，我才不想去。」

「重點不是申誡好嗎？」王碩彥回答，見簡育韋不明事理，便說：「你把你的證件和鯊魚放在一起，瘋了嗎，你想衰一輩子是不是？」

被王碩彥這麼一講，簡育韋才發現不太對勁。警察證上有他的名字，還有他的照片，屬於他個人的私密物品，把這種東西和屍體放在一起，別說招禍了，正常人都會覺得不太好，很觸霉頭。

誰都不會想把印有自己照片的東西，和屍體放在一起。

「去把你的證件拿回來。」王碩彥嚴肅的說：「沒第二句話。」

「學長你要幫我嗎？」簡育韋聽了心都涼了，開始絞盡腦汁：「但屍體已經被新莊分局帶走了，我要怎麼找到它啊？」

王碩彥不多說，打了通電話回派出所，搞定兩人現在的勤務，爭取兩個小時的餘裕。然後他將機車上的食物全塞進後座裡，戴上安全帽朝簡育韋招手：「走，放假之前搞定。」

「要去哪裡呀？」簡育韋茫然的問，完全沒有頭緒。

「還能去哪，去新莊啊。」王碩彥一臉理所當然：「你最好祈禱屍體還沒報驗結束，我們來得及找到它。」

事情的發展就是這麼急轉直下，早上他們才將鯊魚推給別人，現在卻又得將它找回來。

簡育韋跨上警用機車，跟著王碩彥騎上新海橋，朝新海橋另一頭駛去，對岸不是哪裡，就是新莊。

希望他們來得及將鯊魚攔截下來。

第二章

一起死亡案被警察機關介入後，就會進入「司法相驗」的程序，由檢察官及警察等等司法人員來調查證據、確認死因，釐清是他殺、自殺或意外身亡，並給死者家屬一個公道。

沒意外的話，白天那具浮屍，王碩彥判斷它不是在醫院的停屍間，就是在殯儀館的冰櫃裡。王碩彥帶著簡育韋，兩人來到新莊分局，稍微打聽一下後，得知屍體還暫置在殯儀館內，要等法醫驗完屍，才會有下一步動作。

「好，好，謝謝哦，瑞哥，麻煩你了。」王碩彥朝新莊的警察同事致謝，得到了許多情報。

「怎麼樣，學長？」簡育韋殷切的向王碩彥耳語：「有找到那隻鯊魚嗎？」

「我出馬，你還擔心什麼？」王碩彥回答，一副勝券在握的樣子：「這裡很多同事都是以前從我們板橋調過來的，老朋友了。」

「了解，所以我們現在要去哪裡呀？」

「板橋殯儀館。」王碩彥回答。

「哇，所以又要回我們板橋呀？」

新北市只有一間殯儀館，就在板橋，據王碩彥打聽，白天那具浮屍，現在就凍存在板橋殯儀館內。

於是兩人又調頭回到板橋，簡育韋真的對王碩彥很不好意思，明明都快放假了，卻因為他一時疏忽，害王碩彥得東奔西跑。像王碩彥這麼懶惰的人，真是勞煩他了。

夜間的殯儀館已經關門，不開放一般民眾進入。但簡育韋亮起警用機車的警示燈，跟著王碩彥從小門進入，警衛看到也沒敢說什麼。

小門車道的盡頭就是冰櫃停屍間，王碩彥將機車隨便往旁邊一插，下車說道：「你有帶帽子嗎？」

「帽子？」簡育韋乖乖的將機車停進機車格，疑惑問道。

「你不曉得來殯儀館要戴帽子嗎？」

警察有許多奇奇怪怪的禁忌和習俗，例如不可敲值班台的桌子，會讓轄區治安變差，災禍不斷；例如不可吃鳳梨、鳳梨酥，會導致案件一直旺旺來，處理不完；進殯儀館要戴帽子，也是諸類禁忌之一，若是沒戴容易倒楣。

簡育韋有聽過這些禁忌，卻從沒放在心上，也沒特別記住，王碩彥卻格外重視它們。王碩彥雖不是個迷信的人，但對這些前輩們流傳下來的規矩，寧可信其有，不可信其無。

「我有帶帽子呀。」簡育韋說，然後打開警用機車，取出他的警帽。

「給我。」王碩彥卻一把將它搶過去，戴在自己頭上。

「欸，那是我的耶。」簡育韋喊冤。

「反正你又沒差。」王碩彥不以為然的說：「就借我吧。」

「哼，愛欺負人。」簡育韋嘟嘴嘟噥，戲劇性的又從機車後座拿出另一頂帽子：「鏘鏘，我的帽子多得是，每年都發。」

「走吧，趁現在沒人。」王碩彥看了看停屍間裡空蕩蕩的走道，朝簡育韋招呼一聲，就率先往裡面走去。

停屍間裡頭很寬闊，大有名堂，右側有兩間解剖室，左側有會議室及家屬接待區，這裡是檢察官和法醫勘驗屍體的地方，平時死者就從最後頭的冰櫃裡拉出來，在家屬的陪同下送到解剖室裡，進行解剖。

王碩彥和簡育韋對這裡都很熟，不是第一次來了，王碩彥還曾拿著手機，跟著檢察官在那解剖室裡攝錄整個過程呢。那是他最噁心的一次經歷，只因為他忘記帶公用攝像機，只好拿出自己的手機來錄影——手機裡存著一堆解剖屍體的影片，多令人崩潰啊，手機都有點不想要了。

「學長，是那邊嗎？」簡育韋指著走廊最末端問道，那裡有道透明的布簾，貌似後方就是冰櫃區。

「對，你小聲一點，等一下被人聽見。」王碩彥叮嚀。

越靠近冰櫃就感覺越冷，兩人並不怕鬼，此時也有點寒毛直豎。

進入布簾後出現了三道鐵門，和王碩彥的記憶一模一樣，鐵門縫隙滲著寒氣，裡頭就是零下數十度的冰櫃。

「是哪個啊？」簡育韋完全不知所措，一切靠學長指示。

「你去翻翻那個本子。」王碩彥指著桌上一本冊子說：「這幾天死的人不多，裡面的屍體應該只有個位數。」

「收到。」

簡育韋翻開本子，果然這週的死者只有寥寥數人，有車禍意外身亡的、有服藥自殺的、有酒精中毒急救無效的，簡育韋很快就找到了他的目標：一個在大漢溪被打撈起來的男子15A，目前死因不明，仍待檢察官相驗。

「學長，它在15A冰櫃。」簡育韋指著最靠近他們的一扇鐵門說。

他一轉頭差點撞到王碩彥，原來王碩彥就在他身後，不知何時也盯著本子看，表情很專注，皺著眉毛不曉得在思索什麼。

「學長，怎麼了嗎？」簡育韋晃了晃本子，發現王碩彥的視線跟著15A那格跑。

王碩彥搖頭，沒回答，顯然有什麼心事。

「呵呵，你該不會是愧疚了吧？」簡育韋笑道：「早上才用竹竿把人家推到河對面，現在又來打擾人家。」

「小孩子不要亂說話！」王碩彥的臉瞬間臭掉。

「呃，好啦，抱歉抱歉。」簡育韋趕緊收起笑容，不敢再得意忘形。

王碩彥在布簾外把風，讓簡育韋自己去找他的警察證。簡育韋伸手推開鐵門，一陣寒氣冒出來，冷得兩人直打哆嗦。

簡育韋打開了燈，眼前密密麻麻是一格又一格的矩形抽屜，拉出來的話就是長方形的停屍櫃。他很快找到了15A的冰櫃，屏住呼吸，用力將它拖出來。

映入眼簾的正是白天那塊黑色裹屍袋，沒意外的話，他的警察證就在裹屍袋裡頭，拉開拉鍊就找得到了。

但這裡空間很小，簡育韋施展不開身手，他將冰櫃拉出來後，摸不到最尾端的拉鍊頭，腰還被卡住動彈不得，輾轉半天竟出了一身汗，在這陰氣森森的冷凍庫裡，遲早要感冒。

「好了沒？」王碩彥不耐煩的催促聲響起。

「學長，這裡太小了，我沒辦法動呀。」簡育韋苦惱的說，硬是騰出右手朝門外揮了揮。

「你在笨啥呀？」王碩彥探頭進來：「裡面不是讓你工作的地方，把冰櫃拖出來，在外面處理。」

「噢噢，原來如此。」

「唉，你都畢業幾年了，沒看過他們怎麼處理屍體嗎？都是在外面。」

王碩彥畢竟還是刀子嘴豆腐心，怕簡育韋細皮嫩肉的手被冰櫃給凍到，幫忙就將冰櫃給拉出來，卡噠卡噠的拖到鐵門外。

簡育韋隨後從狹窄的冷凍庫裡走出來，搓了搓手期待的想拿回警察證，但王碩彥卻沒有要打開裹屍袋的意思，他冷冷的看著簡育韋，彷彿在說，你惹的麻煩你自己處理。

「好吧。」簡育韋聳了聳肩，只好硬著頭皮上了。

最恐怖的時刻到了，拉鍊一拉開就會看到那具淒慘的屍體，簡育韋記得很清楚，它的臉就像破掉的氣球一樣，被水給泡得皺巴巴的，頭皮還脫落了一大塊。現在光隔著裹屍袋，兩人都聞得到那股驚人的惡臭。

「一、二、三。」簡育韋捏著鼻子，鼓起勇氣拉開拉鍊。

浮屍就在眼前，死狀很淒慘，臉孔就不必說了，身軀軟軟爛爛的，脖子腫了一大圈，好似套了麵團。所幸王碩彥和簡育韋都是見過世面的人，而且也都做好了心理準備，並沒有被嚇到。

簡育韋拿起桌上的手套戴上，忍著作嘔的衝動往裹屍袋裡摸索，別開臉盡量不去看屍體。找了半天，沒找到任何像警察證的東西，反倒越看越覺得屍體奇怪，而王碩彥也發現了這件事：

「學長，這遺體是不是……被解剖過了？」簡育韋疑惑的問道。

屍體的胸膛和頭顱有明顯的縫線，大片乾涸的血漬沾在皮膚上，這都是屍體已經被法醫解剖過的跡象。

兩人還來不及討論什麼，外頭卻突然傳來人聲。

「糟糕，有人來了。」王碩彥朝布簾外瞄一眼，拍拍簡育韋的肩膀說：「快把屍體推回去。」

「哎，好。」

「快點快點！」

他們擅闖殯儀館還打開了冰櫃，未經同意動了屍體，這事說嚴重也是挺嚴重的，要是被追究起來可沒完沒了。王碩彥飛快的拉上裹屍袋，和簡育韋一前一後就將屍體推回冷凍庫裡，用最快的速度將現場回歸原狀。

「喂，學長，我還沒出來！」簡育韋仍卡在冷凍庫中，掙扎的想從冰櫃旁擠出來。

「你先待在裡面。」王碩彥將計就計的說，實在別無他法，外面的人就要進來了：「你先把冰櫃推回去，然後不要出聲，外面的人我來應付。」說完，王碩彥就關上了冷凍庫的門。

「哇，學長，不要！」簡育韋伸手想阻止，卻來不及了，鐵門當他的面砰的一聲關上。

冷凍庫瞬間暗了下來，伸手不見五指，簡育韋欲哭無淚，不敢相信真的發生了這種事，他的學長把他和一堆屍體放在一起，關在這黑漆漆的地方。

門一關上，彷彿就和外頭隔絕了，簡育韋完全聽不見外面的聲音。他安安靜靜的將那被拖出來的冰櫃塞回原處，完成任務，然後全身打哆嗦，實在太冷了。

「學長，好了沒呀？」簡育韋用氣音向外頭喊道，深怕洩漏蹤跡，又希望能被王碩彥聽見。真的太冷了，他快凍僵了，而且到處都是屍臭味，他不得已只好在角落坐下，抱著自己的身體，在勤務腰帶中找些可以取暖的東西。

彷彿過了好幾個小時，冷凍庫的門終於開了，王碩彥的臉出現在眼前。

「喂，阿韋，醒醒。」王碩彥一雙大手拍在他臉上，讓已經凍成雪人的他，猛然感覺到一陣溫暖。

「學長，你終於來了……」簡育韋發抖的說道。

「起來噢，趁現在沒人，我們快走。」王碩彥抹去他臉上凍成冰條的鼻涕，扶著他就離開冷凍庫。

走廊上一個人都沒有，簡育韋不曉得王碩彥剛剛如何應付那些人，怎麼沒被識破，但肯定不會比他還難為。他現在全身臭兮兮的，手腳僵硬不聽使喚，臉頰都凍傷了，超級狼狽。

「不對呀，啊我的警察證呢？」簡育韋問道，停下腳步就想著要回頭再去找。

「傻啊，在這裡。」王碩彥拉住他，並掏出來一張警察證交給他。

「咦？」簡育韋仔細看了看，真的是他的警察證，便問：「你在哪裡找到的啊？」

「失物招領處。」王碩彥指著前面的櫃檯說道：「剛剛和那些人聊了一下，才知道那具浮屍已經被檢察官解剖過了，你的證件掉在裡面，早被挑出來了。」他搖搖頭指責的說道：「你呀，因為這張證件，差點要被列為涉嫌人，是新莊分局的同仁認出來，說你是我們板橋和他交接『鯊魚案』的人，肯定是證件不小心掉進去的，檢察官才相信。」

「哈，謝天謝地！」簡育韋收起他的警察證說道。

「不過，有件事很奇怪呀。」王碩彥忽然變得嚴肅，若有所思的說道：「我剛才問他們，他們說，檢察官竟然在五點多的時候就已經解剖大體了，你有見過這麼快就進行解剖的嗎？」

「咦？」被他這麼一講，簡育韋立刻回想起方才屍體上的粗糙縫線：「好像沒這麼快的耶？一般等我們做完筆錄，還得去醫院調死者的病例、畫現場圖、拍照什麼的……都要到隔天，或隔好幾天，檢察官才會看證據決定要不要解剖吧？」

「沒錯。」王碩彥點頭，心中卻愈發懷疑。

屍體從打撈起來，到現在也不過才六個小時的時間而已，簡育韋和王碩彥離開河堤的時間是下午一點多，屍體中途被送到醫院或哪兒折騰不知道，但最後就是在殯儀館。

檢察官五點多的時候就進行解剖了，哪來那麼快的速度？姑且不論解剖需要家屬同意、需要家屬在場陪同，屍體是下午撈上來的，新莊分局方面說不定都還沒做好筆錄及現場採證，怎麼檢察官在三個小時後就能火速進行解剖？又憑什麼進行解剖？

「……」王碩彥皺著眉，打量周遭的走廊、解剖室，彷彿看到了不久前，檢察官及法醫在此來去匆匆的樣子。現在是晚上七點多，距離解剖的五點，也不過才兩個小時而已，門把或解剖刀具，說不準還是熱的呢。

「學長，你剛才看本子的時候，就是在看解剖時間吧？」簡育韋靈機一動的問道，方才王碩彥仔細盯著本子看時，15A那格就寫著解剖時間，王碩彥當時還以為自己看錯了。

「算了，走吧。」王碩彥突然間眉宇釋懷，長嘆一口氣的說道：「既然警察證找到了，那就好啦，記得我告訴過你什麼？」

「不是自己的案件就不要碰！」簡育韋反射性的說道。

「沒錯，免得又惹禍上身。」

嘴上雖這麼說，但王碩彥卻有股直覺，這具從大漢溪漂下來的浮屍，身分似乎並不單純。

離開了停屍處，外頭的風一吹來，吹散王碩彥和簡育韋身上的陰氣和寒氣，兩人這才感覺好一些。

「好啦，總之謝謝你，學長，幫我拿回了警察證。」簡育韋真心說道：「我等一下請你喝飲料。」

「不必了。」王碩彥冷眼說道：「你別再惹麻煩我就很感謝了。」

「那你請我喝飲料。」

「這什麼邏輯？」

「欸，你把我關在冰櫃裡面，我全身很冷耶。」簡育韋理直氣壯的說：「你要請我喝熱的，我才能復活啊。」

「歪理。」

兩人一來一往鬥嘴，化解了這場烏龍危機。不到兩個小時的時間，王碩彥就幫簡育韋找回了警察證，甚至沒耽誤到等會兒八點鐘放假，簡直太神了。

假如沒王碩彥，簡育韋真的不知道該怎麼辦呢。

※　※　※

下班後，簡育韋匆匆回家洗澡，足足洗了兩次才將身上的屍臭味洗掉。他的時間不多，得立刻出門，才趕得及他在十點鐘的約會。

一般情侶的理想約會，應該是晚上六點吃個燭光晚餐、八點看個電影，十點散個步欣賞夜景，既完美又浪漫。然而簡育韋沒有這個福氣，他因為工作的關係，作息非常不固定，像今天就是八點下班，最快也得十點才見得到他的女友小莉。

警察的勤務日夜輪班，以簡育韋所在的單位為例，一個禮拜早班，一個禮拜晚班，一個禮拜午班，三個禮拜為一輪，永遠都在調整睡覺時間。況且他們一天必須工作十二小時，雖然跟一般人一樣做五休二，但光補眠就會用掉大半的假日，根本沒有太多自己的時間。

今晚他們的行程很簡單，先去逛個夜市，吃個宵夜，找到小莉心儀的那款手機殼，然後再到二十四小時的寵物店去看貓貓狗狗。

他們的約會總是這樣子的，在忙碌中找時間見面。

「嗨，育韋。」

「小莉。」

兩人在夜市街口相遇，簡育韋並沒有遲到，但他感覺小莉有提早到，每次約會，總是小莉在等他。

小莉有著一張白皙、圓圓的臉蛋，笑起來特別親切可人，她從事的是銀行業，對待客人很好，連續好幾年都榮獲服務態度獎。

想當初簡育韋就是在執行銀行護鈔勤務時，被她煞到，對她一見鍾情，兩人才墜入愛河。他們交往了兩年，期間很少吵架，相處都是和樂的。

「育韋，我來排這個，你去排那個可麗餅吧。」小莉指著夜市對面的攤位說，自己則在炸豬排店前停下。她原本頭髮是放下來的，有別於平時上班紮起來的俐落模樣，但此時又挽了起來，免得沾染太多油煙味。

「咦？但這邊人這麼多，還是我來排吧？」簡育韋貼心的說，看著大排長龍的人群，便想分擔：「可麗餅人比較少，妳去吧。」

「人少的你去，人多的我來。」小莉笑道：「你這麼好欺負，要是被人一直插隊，那要排到什麼時候？」

「我哪會被人插隊呀，我會抗議的好嗎！」簡育韋喊冤。

「對，只會抗議，但不敢兇人家。」小莉勾起嘴角，真心覺得她這男朋友脾氣很好，是優點也是缺點：「人多的我來排吧，你趕快去排可麗餅了。」

「哼，知道了。」

兩人很快就買完了餐點，然後到一家可用外食的咖啡店坐下，展開約會。說是約會，其實就是聚一聚，牽牽手，彼此分享生活所遇到的事情。

「這禮拜過得怎麼樣呀？」小莉問道，她剛向簡育韋展示完昨天做的美甲，可花了不少錢：「工作順利嗎？」

「嗯，說順利不太順利，但都化險為夷！」簡育韋嘻嘻笑，早就迫不及待要分享他的故事：「妳知道嗎，我今天遇到浮屍欸！」

「浮屍？」小莉眉頭一皺，雖然好奇，並不覺得有趣。上次簡育韋也處理過浮屍，兩人的花蓮賞鯨二日遊因此毀了，所以小莉對浮屍可沒任何好感，不管從哪個角度看都一樣。

「對呀，從大漢溪漂下來的，然後妳知道嗎，我學長竟然把它推過去河對面耶，不只是推案的那個『推』喔，是真的推！」簡育韋越講越興奮，飯都不吃了：「我的警察證還掉到裹屍袋裡面去。」

簡育韋將今天的經歷鉅細靡遺的描述一番，小莉聽完只有一句感言，她嘆了口氣說：「你那學長，還是少親近為妙。」

「咦？為什麼？」簡育韋對小莉的反應感到失望，他以為小莉聽完會很驚奇的。

「沒為什麼。」小莉眼神飄移，心不在焉的插著可麗餅，不想把話說得太白：「你才當警察沒幾年，不要好的不學，淨學那些壞的。」

「哪是壞的啊。」簡育韋有些不開心了：「這只是一種技巧罷了，假如不是我學長，我今天能不能跟妳約會都不知道呢。」

「這樣的約會我寧可不要。」小莉凝視著簡育韋，表情嚴肅起來：「育韋，你的工作很忙，動不動就要被叫回派出所幫忙，我從來都沒有抱怨過什麼，我體諒你，一個月才見面一次也沒關係。但我希望你做人要正向一點，我喜歡你做警察，是想要你有正義感，不是老聽你說這些摸魚的事。」

「我摸魚才一兩次，我也很積極啊！」簡育韋急了，辯解道：「我上個禮拜才找到一台贓車欸！」

「我知道。」小莉回答，撫摸簡育韋的臉頰：「我知道你本性很善良，你很有熱情，對生活很有衝勁，這也是我喜歡你的地方。我看不慣的是你那個學長，我擔心你再跟他相處下去，某天也會變得跟他一樣，死氣沉沉，整天只想占別人便宜，很多警察都這樣，上了年紀就一副渾渾噩噩的樣子，只想等退休。」

簡育韋聽完並沒有釋懷，反而更生氣了：「我學長才不是那樣！妳又不認識他，怎麼可以這樣說他？警察的工作妳又不是不知道，那麼忙，妳只覺得我們摸魚，又不知道我們有多辛苦！」

小莉沉默了，這時候多說無益，她和簡育韋每次有衝突，都是緩一緩就好了，彼此會逐漸接納對方的意見。

小莉沒見過王碩彥，但從簡育韋口中，她可以知道王碩彥是怎麼樣的一個人，因為簡育韋總是聊著他的，三句不離他這個搭檔、這個學長：她知道王碩彥很有本領，對警察這行熟門熟路，也能理解簡育韋為何崇拜他，畢竟不是哪個警察都能混得這麼好，將所有事情都處理得如魚得水，對上司、對民眾、最重要是對自己，都能交代得面面俱到。

但她就是不喜歡王碩彥，她不喜歡這樣子太圓滑的人，做人有時候別太計較得失，單純點不是什麼壞事。尤其是警察，如果不能保持初心，懷抱著正義感和助人的熱忱，那是很糟糕的。

她並不是第一次提醒簡育韋，她害怕簡育韋遭到汙染，成為像王碩彥一樣的人。她始終在和王碩彥進行一場無形的拔河，爭奪著簡育韋白紙一般的心，倘若有天她和王碩彥見面了，那一定會很尷尬，彼此大眼瞪小眼，無話可說。

「你說你上禮拜找到贓車，是怎麼找到的啊，我想聽。」小莉打破了沉默，摸摸簡育韋的手說，她更有興趣的是這些破案的話題。

「喔，沒什麼啊，就剛好在路邊看到一台機車，覺得很可疑。」簡育韋悶悶不樂的回答，但聊著聊著又露出笑容：「我跟妳說喔，我真的很幸運欸，原本只是隨便查查，結果電腦就跳出來說是贓車。」

「哈，你一下說這禮拜不幸，一下又說幸運，你哦，真是善變。」小莉微笑，看簡育韋盤子已空，又再點了份食物。

話題聊沒五分鐘，從「贓車」又聊到了「王碩彥找贓車」這事上，又跟王碩彥有關了。小莉雖無奈，但也習慣了，反正對簡育韋來說，王碩彥就是個能讓他雙眼發光的人物。

「我剛分發的時候，我們派出所地下室有一堆超髒的機車，上面都是灰塵，好像一百年沒人動過，我就覺得奇怪，咦？為什麼我們派出所地下室這麼多機車，都是誰的？」簡育韋歷歷在目的說道，回憶就像昨天發生的一樣：「結果大家都說，那是鹽哥的，我就不懂，哇，他一個人有這麼多機車都不騎喔？後來我才知道，那些都是他找到的贓車。」

所謂贓車，就是指人民被偷走，而去報失竊的車輛，機車、汽車都有。資深的警察們一旦找到這些贓車，通常不會馬上就發還給失主，基於各種目的，他們會押著一陣子，而王碩彥就是最擅長處理這種事的箇中高手。

「為什麼找到贓車不還給民眾？」小莉問道，被引起了好奇。

「當然是為了績效呀。」簡育韋賣關子的說道：「比如我們四月份有『順風專案』，在四月裡面找到的贓車都可以算兩倍的分數，那你三月找到的贓車，當然要等到四月再呈報出去呀。」

「還可以這樣喔？」小莉皺眉，有些傻眼。

「嗯啊，妳想想看，在四月裡面找到一台贓車等於平時找兩台欸，這麼好的事情，所有的贓車當然都要留在那時候報出去呀，績效好看，分數好看，長官也開心呀。」簡育韋理所當然的說道，試圖要讓小莉明白警察的邏輯。

由於警界常會舉辦一些大大小小的專案，在專案期間，績效都會加倍，因此資深的警察們才會有囤積案件的習慣。不管是毒品案、竊盜案、槍枝還是贓車，全都可以囤積，囤積分數加倍，不囤才是白痴。

所以民間常流傳這麼一個說法：平時被偷的機車，警察十天半月都找不到；轄區內吸毒的人，警察也都抓不到；做色情服務的店家，警察完全看不見。但一旦到了重要節慶，警界啟動專案，這些失竊的物品、人間蒸發的小偷、毒蟲、通緝犯，就統統都找得到了，一夕之間全冒出來。

很神奇吧，不是警察突然變得靈光了，是績效在作祟而已。

「這樣沒問題嗎？」小莉狐疑的問道，對簡育韋的說法感到不安：「民眾不會一直問嗎？問他被偷的機車到底找到沒？那是他的代步工具耶，如果已經找到卻不還給他，不是帶給別人困擾？」

「我們會觀察喔。」簡育韋回答，警察也是有良心的：「如果民眾很急，我們找到了會馬上還給他。但如果民眾表現得可有可無，或那是公司車、租賃車，我們就判斷可以囤積起來，反正對方也無關緊要。」

「是喔。」小莉思索著，還是覺得不太妥當。

「哎，反正各行各業都有苦衷啦。」簡育韋說道，又想起了王碩彥，便說：「我學長才厲害，他很聰明，知道什麼車可以囤，什麼車應該馬上還給失主，從來沒惹過麻煩，而且他還會把贓車賣給其他轄區的人。」

「賣贓車？」小莉滿頭問號，又聽到了一個匪夷所思的說法。

「對呀，大概半年前吧，他在土城分局有個朋友欠贓車績效，怎麼找都找不到，我學長就做面子，把囤積的贓車賣給他，讓他從土城那邊破案，算他們的績效，一台兩千塊的樣子。」簡育韋認真的說道：「對方半夜偷偷摸摸請拖車來載，真的快笑死了。」

「……」小莉不覺得有什麼好笑，她不清楚警界的規則是什麼，她只擔心這樣會觸法，簡育韋某天會被捲進去。

簡育韋看出了小莉的心思，便尷尬的說道：「哎，沒事啦，這在警界很正常，我只是分享給妳聽而已。我學長不只賣贓車，有時候也會買贓車，維持他手中一定的贓車數量，整個地下室都是他的車。所長有時候要績效，他一天之內就能湊齊呢，找十台都沒問題。」

「嗯，你學長真的很厲害。」小莉複雜的說道，不想打壞簡育韋的好興致：「如果去玩股票，一定會賺大錢。」

「哈哈哈，那妳要介紹他投資哪一檔嗎？」

「有空的話，可以呀。」小莉口是心非的苦笑著，她身在銀行業，其實最不喜歡王碩彥這種投機分子。但那跟她也沒關係，反正王碩彥不要害到簡育韋就好，否則她不會原諒他。

兩人吃飽後，簡育韋掏錢包要結帳，正巧翻到他今天掉在殯儀館的警察證，便一時興起，拿給小莉看：「哈，今天就是為了找這東西，害我被困在冰櫃裡。」

他戲謔的說道，小莉卻注意到了，在警察證的背面有個閃爍的晶體：「怎麼有個藍藍的東西？」她好奇的問道。

「在哪裡？」

「下面，角落，對。」

被小莉這麼一說，簡育韋才發現，他證件沾到了一些藍色的物體，不是粉末，好像是結晶，呈雪花狀那樣的凝結在邊緣，看著挺漂亮的。

「這什麼啊？」簡育韋摸了一把，微微一聞：「哎噁，好臭！」

他原本以為會是無味的，誰知惡臭無比，整張證件的臭味，就是從那藍色的物體傳來的，竟跟屍臭味有得一比。

「怎麼會這麼臭啊？」簡育韋趕緊用衛生紙擦擦手，越想越奇怪：「該不會是從屍體上沾到什麼血塊吧？」

「嗯……你趕快去洗一洗吧。」小莉臉上三條線，興致都沒了。

「很奇怪欸，這什麼啊？為什麼會是藍色的？」簡育韋捏起證件，仔細打量，藍色的結晶薄薄一層，看似美美的，卻有股腥臭。因為實在太不顯眼，之前他和王碩彥都沒有注意到。

他想了一下，跟服務員要了個塑膠袋，然後就將證件和剛剛擦過手的衛生紙都裝進去，封起來，打算之後上班時，向王碩彥請教。

「那種東西你還要帶去給你學長看喔？」小莉不解的問：「趕快去洗掉就好啦？」

「我覺得怪怪的。」簡育韋若有所思的說道，並提出一個大膽的猜想：「說不定這東西是毒藥，跟那個浮屍的死因有關勒。」

「毒藥！」小莉一聽嚇到了：「那你還不趕快去洗手！」

「呃，好啦。」

「快去啦！」

毒藥只是亂猜的，讓這頓晚餐結束得非常無厘頭。
兩人離開餐廳後，按照原定行程到商場去找手機殼，小莉一直很想要一款印有白熊圖案的手機殼，她忘記當初是在哪裡看到的，找了很久都沒找到。
上了一天班，簡育韋有點累了，等一下還得逛寵物店，真的有點腿軟。他還惦記著一件事，打算買一對珍珠耳環要送給小莉，那是之前在精品專櫃前，小莉一直念念不忘的耳環，跟她的膚色很配。
小莉很注重打扮，不只是為了愛美，她平時要接觸許多客戶，外表打理好，是對客戶最基本的尊重。
簡育韋真的該去買下那對耳環，然後找個合適的日子送給她了。
「育韋，你在想什麼？」小莉轉過頭來問。
「呃，沒事呀。」
「你累了吧？」小莉微笑，體貼的拍拍他的手：「累了沒關係，我們回去吧？」
「我不累，還沒找到妳的手機殼。」簡育韋提起精神說道，並看了看兩旁的店面，尋找白熊圖案的手機殼。
「那個不重要，沒關係。」小莉回答。
「再找一下吧，一定有的。」簡育韋拉著小莉的手說，目光在周圍的攤販打轉：「可愛的白熊嘛，對不對？」

然而天不從人願，一款特別的手機殼，哪那麼容易找到，兩人逛了好久好久，逛到夜市都將收攤了，還沒有成果，連想找個相近圖案的都沒有。

時間也不早了，已經過了凌晨十二點，今天並不是週末，今天才禮拜二，小莉明天還要上班，寵物店是來不及逛了。

簡育韋不禁覺得十分掃興，今天的約會，好像只是為了見面而見面的，手機殼沒買到，寵物店也沒逛到。說到底還是簡育韋的問題，他的放假時間跟別人不一樣，警察採輪休制，輪流休息，並非休週六週日，所以兩人的作息很難兜起來。

「明天晚上怎麼樣？明天晚上再一起找看看。」簡育韋提議。

「明天我要加班耶。」小莉想了一下，為難的說：「加到來可能十點多了。」

「那麼晚啊？後天呢？」

「後天也是，但我週六就放假了。」

「可是週六我又要上班了。」簡育韋鬱悶的說：「而且我是上晚班。」

「又要上晚班啊？」小莉皺起眉，也不太開心。簡育韋只要上晚班就會睡一整個白天，別說打電話了，連手機訊息都不太會回。但小莉還是微笑：「沒關係，我們再找時間見面，等你。」

「好哦，我有放假會跟妳說的。」

「嗯嗯，那你趕快休息吧，都工作一整天了。」小莉揮揮手說道，走向自己的機車：「我也要回家了。」

「我送妳回去不好？」簡育韋關心的說。

「笨蛋，你騎你的，我騎我的，你送我幹嘛？而且我住松山，離板橋這麼遠。」小莉笑道，並戴上安全帽：「好啦，你到家記得跟我說一聲喔。」

「嗯嗯。」

「愛你。」小莉拋出一個飛吻，然後就戴上安全帽，緩緩離去。

簡育韋看著她的背影，心裡有點不開心。他很欣賞她的獨立，但這樣的獨立卻又讓他感到愧疚，他沒能給小莉更好的依靠、更好的陪伴，這是他的遺憾。

追根究柢，還是職業的關係，他是警察，日夜要守護轄區治安。她在睡覺的時候，他也許正在夜幕中巡邏，而他在睡覺的時候，又是一般人精力最旺盛的時刻。

他們相處的機會很少，這是隱形的矛盾，在一開始熱戀時沒那麼重要，但越是在一起，問題就越被突顯出來。

和警察談戀愛是辛苦的，簡育韋很清楚，要共同生活更是辛苦，需要很多的耐心與包容來經營。

第三章

休息了兩天，簡育韋這週開始上晚班，所謂晚班，就是從晚上六點開始上班，上到隔天早上六點，總共十二個小時，紮紮實實的深夜班。

簡育韋並不討厭晚班，因為晚班的事情比較少，凌晨時分民眾大部分都在睡覺，根本不會來報案。但晚班還是有晚班的壞處，最主要就是爆肝，因為整個晚上都要醒著，不能睡。

今天的起班是巡邏，照慣例，簡育韋的搭檔王碩彥還是不見蹤影，他替他簽出，然後就耐心的等著他。今天除了上班，他還有一件重要的事要問他呢，就是他警察證上沾上的那一點兒小粉末。

簡育韋又等了一會兒，然後就靈機一動的上樓去，果然在二樓辦公室，看到王碩彥光著腳在擦皮鞋，一點都不在意上班時間到了。

「嗨，學長。」簡育韋走向前去。

「你們晚餐吃什麼啊？」王碩彥頭也不抬的問道：「幫我訂一下。」

「他們好像吃過了欸，我等一下再去買我們的。」簡育韋回答，然後拿出了他用塑膠袋包起來的警察證：「欸，學長，你看看這個，我們上個禮拜在殯儀館，結果我的警察證黏到了不明物體。」

「不明物體？」王碩彥被這話給引起好奇，放下鞋子便接過簡育韋的證件打量。

「對啊，而且超臭的，我在想會不會是什麼毒藥，跟浮屍的死有關。」簡育韋越說越激動：「如果有關，我們就要趕快報告檢察官了。」

如果有關，我們兩個就死定了好嗎？王碩彥在心裡想道，毒死浮屍的最大嫌疑人就是簡育韋了。

他看著警察證邊緣的藍色晶體，眉頭深鎖，露出古怪的表情。

「怎樣，學長，你想到什麼了嗎？」簡育韋緊張的問道：「你用鼻子聞聞看，很臭！」

「聞個屁，要是毒藥就中毒身亡了。」

「啊對喔！」簡育韋臉都綠了：「我聞好幾次了欸。」

「這應該不是毒藥。」王碩彥拿著警察證，心中似乎有了頭緒：「你去我衣櫥拿打火機來。」他指著牆邊的櫃子說道。

「好。」

王碩彥點燃打火機，對著警察證的邊緣燒了一下，很快的藍色晶體就蒸發了，飄出一縷清煙，兩人都不必湊近，就聞到了一股塑膠與檀木混合的古怪味道。

「這是什麼味道？」簡育韋捂著鼻子：「哎，是塑膠味，你肯定把我的警察證燒壞了啦。」

「並不是。」王碩彥皺著臉說道：「這東西，是毒品。」

「咦？毒品！」

打火機並沒有燒到警察證，只有藍色晶體被燒毀，王碩彥對這種味道一點都不陌生，以現今實務上最常出現的幾種毒品來說，K他命燃燒就是塑膠味、安非他命是尿味、大麻則有股麥草香，這莫非是多種毒品的混合體？

「學長，你在想什麼？」

「學長？」簡育韋呼喚著。

王碩彥並沒有理他，而是專注的陷入沉思。

不會的，這樣混合毒品並沒有意義，反而會破壞效用，況且他還沒見過有哪種毒品長成藍色的。他再次端詳那殘餘的藍色晶體，最後確定，這不是K他命，也不是安非他命或大麻，而是一種他從未見過的毒品。

王碩彥原本還想沾一點嚐嚐味道，他擅長用苦味來分辨毒品的純度，但一湊近他就打消了這個念頭，因為實在太臭了。藍色晶體看著很美，聞起來卻奇臭無比。

「為什麼我的證件會沾到毒品啊？」簡育韋著急的問道，在王碩彥身旁轉圈：「到底是怎樣啊？」

「那具屍體很不單純。」王碩彥說道，並用塑膠袋將證件給重新裝起來，包含裡面沾過藍色晶體的衛生紙：「你這些都先給我，我送去刑事局化驗，這很有可能是新興毒品。」

「新興毒品？」簡育韋對這個詞感到不安：「會很嚴重嗎？」

「當然嚴重，我們不知道它的效用，也不知道它是怎麼被做出來的，要是流入市面上，要追查就很麻煩了。」王碩彥解釋：「而且你知道為什麼會這麼臭嗎？」

「為什麼？」

「這東西是從屍體裡面流出來的，最後沾到你的證件上。」王碩彥提起塑膠袋說：「這是屍臭味，不是毒品原本的味道。」

「咦？真假！」

簡育韋很驚訝，但更驚訝的事還在後頭。

依照王碩彥的推斷，那具屍體的主人生前將大量的這種藍色晶體塞進身體裡，靠肉體來運毒，最後不知怎麼搞的，死了，還被丟到河裡成了浮屍。他體內價值數百萬至數千萬的毒品則被取了出來，只留下一具空皮囊在河裡漂蕩。

但百密有一疏，或許是封裝毒品的袋子破掉了，導致部分的藍色晶體流出來，黏在屍體上，沒被取乾淨，最後就跑到了簡育韋的警察證上頭。

「他也有可能是因為體內的毒品袋破掉而死的，被毒品毒死。」王碩彥說道：「不管怎樣，這是一起重大犯罪，會需要用到身體來運毒，這人肯定為了通過機場海關，這是一起跨國販毒事件。」

驚人的推論，讓簡育韋瞬間感覺腦袋炸了：「那我們要不要趕快跟檢察官說呀？」

「他們肯定知道的。」王碩彥回答：「屍體已經解剖了，如果裡面有遺漏的毒品，他們肯定知道，應該在追查了。」

「那就好。」

但王碩彥還是對這藍色的玩意兒很感興趣，想知道它的成分，他猜想應該是安非他命的一個變種，理論上屬於興奮劑，用了會很亢奮。

下個月剛好是毒品取締月，在不妨礙檢察官辦案的狀況下，或許他能從中分一杯羹，找到一些毒蟲下線之類的，來爭取績效。

十點多的時候，派出所忽然來了大人物，是他們新北市的警察局局長，胡棟樑。

胡局長就是新北市裡警察的大家長，再也沒有比他更大的了，出門都有專屬的維安坐車，位階三線三星，相當於中將階級。

胡局長及陪同的幕僚到派出所來「慰勤」，慰問勤務，而所長等人早就等候多時，並將閒雜人等都趕出去。王碩彥和簡育韋宵夜才吃一半，就被迫提前出勤，灰溜溜的帶著炒麵離開派出所。

但兩人在停車棚繞了一下，王碩彥就捧著炒麵，又往回頭路走去。

「學長，你要去哪裡吃？」簡育韋茫然的問道，並想起王碩彥一貫的摸魚路線：「宿舍嗎？」

「誰要回宿舍，我們去一個好地方看戲。」王碩彥回答。

「看戲？」

兩人走著走著，走到了派出所後門，從這裡隔牆就能聽到裡面的人說話，簡育韋好奇的從窗戶縫隙看進去，坐在沙發上的，赫然是胡棟樑局長，以及他們的所長。

「哼哼，這狗腿子所長，肯定又想升官了。」王碩彥看著所長巴結逢迎的樣子，便津津有味的吃起炒麵來，果真是在看好戲。

他們的所長姓陳，叫陳敬朋，瘦瘦小小的體力不好，年過四十，管理能力一般般，待人處事也一般般，但和所有的長官一樣，都想在安穩中求升官發財。

尤其像板橋這種繁忙地帶，案件多、麻煩多、但績效也多，毒品、酒駕、贓車，每天都有，一旦被派來這裡，只要不捅出什麼簍子，幾年後肯定都是升官的，堪稱跳板。

「你們派出所最近表現不錯啊？」胡局長說道，雖穿著便服，但那釦子宛如閃亮亮的警徽，讓人不敢大意。

「還可以啦，同仁都很努力。」陳所長回答，並給胡局長斟了茶。

「板橋？三重？好像最近都是你們兩個分局在前面嘛？」胡局長回想著會議上的績效排名：「板橋裡面又是你們派出所最大，人最多，管理起來應該很不容易吧？」他拍拍所長的肩膀說道。

「還好啦，還好啦。」陳所長趕緊說道。

「啊你們分局長呢？怎麼沒來？」胡局長問道。

「等一下就來了，要從分局過來了。」陳所長朝屬下使了個眼色，讓他們趕緊去確認狀況，看分局長人到哪裡了。

局長↓分局長↓所長↓基層警員，警界的上下隸屬關係可大致分成這樣，整個新北市只有一個局長，就是胡局長，但卻有很多分局長。

今天胡局長大駕光臨，理應是板橋分局的分局長來接待，而輪不到所長出面，但分局長基於什麼事情耽誤了，才讓所長有出場機會。

「對了，下個月就是毒品月，你們有什麼方針出來嗎？」胡局長忽然想起這件事，便問道。

「有的，有在布線了，應該可以達到目標。」陳所長回答。

「不只要達到目標，還要超過。」胡局長拍了拍他的膝蓋，親切的說，他雖一臉笑瞇瞇，卻無疑給了陳所長很大的壓力：「去年我們都達標一百三十趴，今年應該可以一百五十趴吧？」

「呃，應該可以。」陳所長汗顏的說道。

所謂的一百三十趴、一百五十趴，就是指一三〇%、一五〇%，一個「毒品月」專案，中央派下來的目標可能是要抓一百件，但基於各個單位之間的相互競爭，為了嶄露頭角，就會再增加目標件數，原本的一百件就會變成一百三十件、一百五十件。

以胡局長為首的新北市，競爭對象就是台北市、桃園市、高雄市等等直轄市，而在新北市之內，各個分局又要再競爭一次，諸如板橋、土城、新莊、三重。所以當一百件的目標落到基層員警手上時，往往變成了一百五、一百八、甚至是兩百。

這赤裸裸的壓力是一層剝削一層的，不為了什麼，只為了奉承最高位的那個人，例如警政署長。胡局長這麼做，只為了署長能在看到績效報表時，讚歎一下：「唉唷，我們不是訂定一百件嗎？你們竟然能抓到兩百件，真是厲害啊。台北市、高雄市你們得多學學，看看新北市怎麼抓的。」

就只是為了聽到這麼一句話而已，然後他的升遷之路就會更加有力。

而署長，也只是為了奉承比他還更高的那個人，以數字來展現他的治安能力，殊不知，這些數字只是苦了不眠不休的基層警員。

胡局長只待了半個小時，不見分局長來，就準備離開了。他還是再三強調了毒品月的重要性，可見他對這次的績效十分重視，但聽在王碩彥和簡育韋耳裡，只覺得接下來準備過苦日子了。

「我等等還要去林口。」胡局長說道，讓屬下通知外頭備車。

「局長又要去林口呀？」陳所長問道：「最近好像還滿常跑林口的？」

「你怎麼知道？」胡局長反問。

「呃，分局長有稍微提到啦。」陳所長打迷糊的提起了他的上司，他之所以知道這件事，也是因為他的上司在吃味，不滿胡局長特別關照林口分局，而冷落了其他分局。

「林口那邊剛建成，很多事情還沒著落，我多去看看是必要的。」胡局長笑道，言語間似乎看穿了底下這些小人物的心思：「還請你們分局長，有空也可以到林口坐坐，關照一下他的兄弟。」

「好的，我會轉知他。」

林口分局是剛成立的分局，管轄的地方原屬於新莊分局，是最近才切割出來的。而林口分局的分局長，正是胡局長的學弟兼親信，他特別關照他，並不出人意料。

「我很討厭林口的分局長。」王碩彥忽然說道，胡局長走後，派出所裡的人包含所長便一哄而散了。王碩彥掏出了一根菸，回顧往事的說道：「特別迷信，又特別愛錢，沒什麼實力又愛使喚人，超級無能。」

「學長你認識林口的分局長啊？」簡育韋好奇的問道。

「認識啊，以前我在刑警隊的時候，他就是隊長，嘰嘰歪歪很愛計較一些小事情，連垃圾桶都要管，我們都叫他林森森。」

「為什麼叫林森森？」

「因為他叫林木森，算命的說他命中缺木，就改了這麼個鳥名字，我們就笑他乾脆取叫林森森好了。」王碩彥調侃道：「現在你知道他有多迷信了吧？」

「真的很迷信……」簡育韋臉上三條線：「林木森，很難聽欸。」

「他現在如他所願，調到有好多木頭的林口分局去啦。」王碩彥諷刺：「然後仗著有胡局長罩，也真的飛黃騰達了。」

「哈哈哈，林口才沒有木頭，也沒有森林勒。」簡育韋大笑，他之前才去林口的百貨公司逛過：「林口現在也很發達啦，都在蓋房子。」

其實對簡育韋這些畢業不久的菜鳥來說，他們最想去的地方就是林口分局。因為林口分局剛成立，大樓剛蓋好，什麼都是新的，辦公室是新的，宿舍也是新的，而且林口地處偏遠，事情又少，不像板橋，只要一上班就亂糟糟的。

但這些也只是閒話罷了，簡育韋喜歡板橋，也樂於過現在的生活。

※　※　※

幾天後，王碩彥請人送驗的毒品，報告出爐了。

那藍色的晶體是甲基安非他命的變體，多了幾個氫鍵和含氮鹼基，看起來像一種異構物，有可能是某種原料，也有可能如王碩彥所猜的，是類似於安非他命的新興毒品。

以王碩彥朋友的說法，這毒品的結構前所未見，要是流入市面上，後患無窮。他朋友想立刻報告上級，卻被王碩彥給阻止了，因為王碩彥覺得這事另有蹊蹺。

首先，刑事局的檔案庫內，並沒有任何這種毒品的送驗記錄，王碩彥是第一個拿出這種毒品的人，這說不通，那具藏毒的屍體，檢察官早在好幾天前就已經解剖完畢了，他應該也會跟王碩彥一樣，將解剖所發現的毒品採集送驗才對。

然而他並沒有，檔案庫裡找不到資料。

另外，王碩彥請人去查過法醫研究所，那裡是法醫中心，全國的驗屍報告、毒物及血清證物都可以在那裡找到，但卻也沒有任何這種藍色毒品的送驗記錄。

簡單講，檢察官對那具浮屍所做的解剖，一無所獲，竟然比不上簡育韋的證件掉下去又撿起來得到的還多，其中到底是有什麼玄虛？難不成證件上的毒品粉末，不是在浮屍身上刮到的？

王碩彥不得已，便決定再去探望那具浮屍一次，只要一窺屍體內部有沒有藍色粉末，便能見分曉。但這事談何容易？他透過幾個熟人牽線，最終卻發現一個令人驚訝的事實：屍體竟然被以「無名屍」結案了，而且早在幾天前，就和其他的無名屍一起被集中火化了。

這是什麼狀況？姑且不論是不是有跨國運毒，一起可能是兇殺的案件，就這麼糊里糊塗的被結案了，屍體的身分不知道、怎麼落水的不知道，致死原因，王碩彥只在法醫的解剖報告中，看到了簡略的肺部進水、溺死幾個字。

這別說是家屬了，誰也不能認同。王碩彥的直覺很準，如果警察證沾到的毒品真的是從浮屍身上刮來的，而這屍體又匆匆被銷毀，那麼其中必定有鬼，而且是很大的一條鬼。

毀屍滅跡，不就是這麼回事嗎？

「學長，你最近都在忙什麼啊？」晚班的最後一天，簡育韋問道。

兩人在派出所後台吃便當，王碩彥卻心不在焉，一口飯可以吃半個小時還沒嚼完。

「還記得你警察證上沾到的那個東西嗎？」王碩彥問道。

「記得呀，你就在忙那個？」簡育韋點頭，在王碩彥面前就坐下，感覺事情有什麼內幕：「怎麼樣？送驗的結果如何？」

「跟我說的一樣。」王碩彥淡定的回答，索性飯也不吃了，拿出簡育韋的警察證就還給他：「吶，還你。」

「和你說的一樣？」簡育韋重複他的話：「所以真的是新興毒品？」

「對，我晚點要去拜訪檢察官。」王碩彥脫口說道，幾乎是剛剛才冒出這個念頭，就立刻說了出來。

「拜訪檢察官？為什麼？」簡育韋腦筋動得很快：「是處理浮屍的那個檢察官嗎？」

「對，我想知道他們在解剖過程中看到了什麼。」王碩彥心裡有很多疑惑，便向簡育韋說明：「刑事局的檔案庫和法醫中心，都沒有這種毒品的送驗紀錄，這很奇怪，我們一定要搞清楚，你警證上的毒品是從哪裡沾來的。最直接的辦法，就是去找當天負責的檢察官，問他在解剖中發現了什麼，又是從哪裡撿到你的證件，交給殯儀館櫃檯的。」

簡育韋聽完陷入沉默，卻一臉傻笑，似乎沒有在思考王碩彥提出的問題，而是想起了別的事情。一會兒後他才沒頭沒腦的問道：「學長，這不像你呀。」

王碩彥正在瀏覽地檢署的網站，想查出當天處理那具浮屍的檢察官是誰，聽簡育韋這麼一說，便分心回答：「不像我？怎麼說？」

「你平時不是常告誡我，不是自己的案件就不要碰？」簡育韋問道：「怎麼今天不一樣了？你沒有在摸魚，也沒有在睡覺，反而在查跟你無關的案件？你不怕被捲進麻煩事嗎？」

「我平時混歸混，對很多事情還是挺好奇的。」王碩彥不耐煩的回答，試圖解釋什麼：「這叫樂趣，懂嗎？工作這麼無聊，總得找點樂子。」

「哦，我感覺不是這樣唷。」簡育韋笑嘻嘻的在王碩彥身旁坐下，故意凝視著他：「我記得學長你以前是緝毒組的吧，該不會這件事點燃了你的熱情？」

「熱情個屁，我看你是皮在癢，淨說一些風涼話。」王碩彥舉起手就往他的頭拍下去。

「唉唷，好咩，我只是關心你。」簡育韋抱著腦袋說道：「我也很在意這個案子呀，我們畢竟是403重案小組耶。」

「再說風涼話我就真的扁你。」

「唉唉唉，好啦，那我先去簽出了。」簡育韋悠哉悠哉的跑走，一面偷看王碩彥。

對於王碩彥忽然的積極，他是持樂觀態度的，王碩彥總是死氣沉沉、渾渾噩噩，對任何事情都提不起勁，如今有了這麼件事點燃王碩彥的好奇，或許可以帶來什麼不一樣的改變。

負責這起無名屍案的是一位叫王亮的檢察官，和王碩彥同姓，王碩彥等不及了，便利用自己放假的時間去地檢署拜訪他。這在以往可是違背了他的大忌，他從不在放假時間處理公事，上班時間都不見得會處理公事了，還帶到下班，簡直白痴。

但今天，他就徹頭徹尾的當一回白痴吧，因為他實在太疑惑了，他得搞清楚這件事才行。

「哎，請問王檢座的辦公室在幾樓？」他走進新北地檢署，向法警問道。

「哪位王檢座呀？」法警問道。

「王亮，王檢察官。」

一聽到王亮這個名字，法警的臉色瞬間臭掉，顯然不太喜歡這位檢座。他不情不願的指著電梯說：「三樓。」

「謝啦。」

王碩彥沒問得太多，每個單位肯定都會有令人討厭的上司，在地檢署裡，檢察官就是法警的上司，這位王亮肯定不太好對付。

王碩彥很快的就找到了王亮所在的辦公室，門沒關好，他從縫隙看到了有個中年男子在對著助理破口大罵，所謂助理就是書記官，也是經過國家特考篩選過的公務員，此刻卻像個小孩般被罵得狗血淋頭。

「下次再亂動我桌上的東西，你就吃不完兜著走！」王亮罵道。

「可是……我只是整理公文……」他助理唯唯諾諾的回嘴。

「我講的話你是聽不懂嗎？把我的辦公室當廚房啊！」王亮又是一陣怒罵：「我要你整理自然會叫你整理，不需要你自作聰明！」

王亮又罵了一會兒，終於讓助理離開。

王碩彥在門口等候多時，但他沒有立刻進去，而是退到走廊上，然後和王亮的助理對個正著。

「切，囂張什麼……」助理碎碎唸道，渾然不知眼前站了個人。

「辛苦啦。」王碩彥出聲問候，然後晃了晃手上的文件，假裝是來送東西的：「王檢座心情不好哦？我現在過去找他會不會被掃到颱風尾呀？」

對方一時之間忘了自己是助理，應該要帶王碩彥進去，他反而向王碩彥抱怨：「什麼心情不好，我看根本是發瘋吧，原本就很難對付了，現在變得更神經質。」

他不由自主向王碩彥訴苦，說這個檢察官有多機車，只有最菜的書記官會被派來這裡，其他人都避之惟恐不及。

「我下個月一定要調走！」他眼眶含淚的說道，接著才回神，打量王碩彥全身：「你是來做什麼的？補件的嗎？」

「呃，不是啦，我是板橋分局的，有個問題想問檢座。」

「什麼問題？」助理狐疑的問道：「檢座現在氣在頭上，如果不是重要的問題，最好不要去惹他，他下午還有幾個偵查庭要開，很忙。」

王碩彥沒在怕的，立刻順著話題說：「哇，那可不能耽誤了，我還是趁現在趕快問一問，你能帶我進去嗎？」

助理翻白眼，實在有數千萬個不願意，但還是帶著王碩彥回到了那令人討厭的辦公室：「檢座。」他敲敲門說道：「有個板橋的學長說要見你。」

「什麼事？」王亮的聲音從門後傳來。

「跟案件有關的。」王碩彥輕聲說道。

「什麼案件？」王亮再次問。

「呃，也不算跟案件有關啦，就是來答謝您的。」

浮屍案畢竟和王碩彥無關，即使沒有「偵查不公開」的原則，他也不好向檢察官打聽什麼細節。但他已經想好了一套說詞，他可以假裝自己是簡育韋，來答謝檢察官撿到他的警察證，順便提起他的警察證上沾到了一點藍色的東西，問檢察官知不知道那是什麼，屍體裡面有沒有異狀。

理想是這樣，但一進到辦公室，見到王亮本人，又是另一番狀況了。

王亮有點肥，地中海禿，坐在椅子上，兩手的贅肉都快從扶手上溢出。他不友善的打量著王碩彥，顯然想叫他有屁快放，別囉嗦，不必開口就能讓人感覺到他的急性子。

「檢座好，是這樣的，要感謝你撿到我的警證。」王碩彥劈頭就直入重點，他察覺到對方沒心情聽他拐彎抹角。

「警證？」王亮皺眉，一副不清楚的樣子。

「就是上個禮拜在板橋殯儀館，我的警證不小心掉在屍袋裡，多虧檢座發現，幫我撿回來了，交代到失物處。」

王碩彥這麼一說，王亮便立即想起有這回事，但表情卻很古怪，眉毛皺得更深。

王碩彥見他不說話，額頭都冒汗了，覺得要問這件事忽然變得困難起來，便有些支吾：「我回去後發現，我的警證好像沾到了什麼東西。」

「沾到了什麼？」王亮反問他，表情依舊不耐煩，卻有了細微的改變。

「我不知道。」王碩彥揣摩著對方的反應：「想問檢座有在屍體上發現什麼嗎？」

「我應該發現什麼？」王亮再次反問。

王碩彥瞬間手心發麻，感覺被掐住了脖子。

這檢察官，竟然在玩弄他。

「我問你，我該發現什麼？」王亮咄咄逼人的問道，雙眼瞪著王碩彥。

「我……」王碩彥腦袋空白，這輩子第一次遭遇這種窘境，好像被逼進了死巷，但卻連怎麼發生的都不知道。

雙方僵持著，王亮完全不說話，最後王碩彥靈機一動，從喉嚨中擠出幾個字為自己脫身：「我……我只是來感謝檢察官的，多謝檢察官，找回我的警證，哈哈哈，真是鬆了口氣。」

說完他就轉身想離開，整個腦袋亂糟糟的，不曉得自己在幹嘛。

「慢著，我有說讓你離開了嗎？」但王亮卻叫住了他。

王碩彥愣住，又徬徨又不可置信。

在法律上，檢察官有權力命令警察，並對警察體系有指揮權，但王亮的語氣卻像在使喚下人一樣，而且使喚起來十分自然熟練，似乎平時就是這麼和下屬說話的。

王碩彥有點生氣，但下一秒，王亮的話卻讓他怒意全消，取而代之的是全身冒冷汗。

「你把你的警證拿出來我看看。」王亮說道。

「警證……？」

「你不是說你的警證沾到東西嗎？拿出來，我看看是什麼東西。」王亮伸著手，話說得直接粗魯，讓王碩彥立刻將警證交出來。

幹，現在是怎樣？我沒有問毒品的事就算了，竟然還想看我的警證？

難道被拆穿了嗎？他發現我不是簡育韋了？要是給出警證，不就穿幫了？

「我沒有帶來耶。」王碩彥鎮定的說道，苦笑：「應該是放在派出所了。」
「沒有帶來？那你到底是來幹嘛的？」王亮不客氣的問道，用他那雙小眼睛打量王碩彥全身，彷彿在掃描他：「你叫什麼名字？」
「簡育韋呀。」王碩彥想也不想的回答。
「簡育韋？」王亮對這名字一點印象都沒有，他也不可能記住當初警察證上的人是誰：「板橋分局的？」
「對。」
「哪個派出所？」
「呃，檢座怎麼問這麼多呢？哈哈。」
「我就問你到底是來幹嘛的嘛。」王亮酸溜溜的說道。
「哈哈，我是來道謝的呀。」
「專程來道謝的喔？」
「對呀，專程來的。」
「那真是辛苦你了耶，專程來道謝，要不要貼你車費？」對方諷刺道。
「哈哈哈，檢座真愛說笑。」

這是他們最後的談話，然後王碩彥就溜之大吉了，留下可憐的助理被王亮繼續罵，罵說為什麼又放了一些亂七八糟的人進來。

王碩彥一直到離開地檢署，回到車上，情緒才平復了些。他的心跳很快，飽受驚嚇，這個王亮不是省油的燈，他知道他想問什麼，他完全知道他想問什麼，而且他的城府很深，可以化被動為主動，把王碩彥狠狠修理一番。

這起「無名屍」案絕對有問題，解剖也絕對有問題，王亮更是有問題。其中到底有什麼內幕？難道王亮和販毒集團的人勾結了？為了隱瞞新興毒品的存在，把用來運毒的屍體連同其他證據全部消滅了？

王碩彥不敢多想，這些都只是他的憑空猜測，而且如果是真的，那未免也太可怕了？

更可怕的是，王碩彥開車回家，才在半路而已，就接到了所長的電話，所長要他立刻回派出所，不管他是不是休假，就要他現在立刻回去。

因為他前腳才剛離開地檢署，王亮就對他下手了，王亮向他的上級告狀，義憤填膺的抹黑一番，說他到他的辦公室去亂，還很快查出他不是簡育韋，他的身分就是王碩彥。

王碩彥簡直傻眼，堂堂一個檢察官，竟然這麼小鼻子小眼睛，愛計較就算了，還十分心狠手辣，有種要給他死的感覺——王亮告狀的對象可不是分局長，也不是陳所長這種小咖，他竟然告狀告到胡棟樑局長那裡去了。

可想而知，胡局長立刻打電話給板橋分局長，問是怎麼回事，而分局長不清楚狀況，只能尾巴夾著先道歉，然後將矛頭轉向陳所長。

所以，陳所長就倒楣了，被痛罵一番，陳所長也不清楚是怎麼回事，奪命連環叩就把王碩彥給叫了回去。

「王碩彥，你在搞什麼鬼！」王碩彥一進派出所，陳所長就把他叫去辦公室罵：「檢座說你跑到他那邊去亂，還驚動到局長，你有病啊？」

「誰有病啊。」王碩彥不甘心的嘟噥著：「我就想問，檢座都講了什麼？」

「什麼講什麼？我才要問你做了什麼勒，人家對你很不滿。」

「我沒做什麼啊，所長，是那個檢察官有病啊。」王碩彥冤枉的說道，其實他和所長的關係還算不錯的，說話不必太客套：「我只是過去問事情的，他要搞我也不是這樣搞的吧？」

「你去問什麼事情？」所長狐疑的問道。

「跟案件有關。」王碩彥模糊的回答，並補了一句：「還不是為了派出所。」

「要請票嗎？」所長的態度一下子放軟了。

所謂的「請票」，就是申請搜索票，是他們警察辦案一個很重要的武器，有了搜索票就可以對房屋進行搜索。而警察申請搜索票需要透過檢察官，往往會受到檢察官的刁難，但誰請票不是為了派出所的績效呢？又不是吃飽撐著。

所長沒注意到王碩彥是在撒謊，便接著問：「你是去找哪個檢座啊？」

「哎，所長你連檢座是哪個都不知道，就對我一頓罵喔？」

「我哪有辦法，我也是被分局長一頓罵啊！」陳所長想想又生氣起來：「然後分局長也是一頭霧水，這不都要怪你嗎？」

「是一個叫王亮的檢察官，雞掰的要命。」

「王亮……」陳所長立刻對這個名字有反應，臉色迅速黯淡下去。他身為所長，雖然管理能力一般，但資歷比王碩彥還久，他一聽到王亮就明白了一切：「你惹到一個脾氣最差的檢察官了。」

「是吧是吧，所長你也認識他喔？」王碩彥問道。

「他以前在桃園地檢，脾氣不好操守也不好，我們最討厭跟他『請票』了，被罵就算了，有時候還要送禮送水果，他才肯幫忙。」所長沉著臉說道，回想起那段日子，心情極為差。

「那你就懂，不是我的錯了吧？」王碩彥立刻裝可憐的說道。

「沒有誰對誰錯，上級說你錯，你就是錯。」陳所長用一番歪理指正他：「反正你離這個檢察官遠一點，他和胡棟樑關係特別好，分分鐘都能整死你。」

王碩彥覺得十分掃興，他無精打采的喝了口所長泡好的茶，不經意的提到：「所長，你想不想升官？」

「升官？」

「其實我是接觸到了一個不尋常的案子，或許可以破獲大量毒品。」

「什麼東西這麼好康？」陳所長立刻被引起興趣。

「呃，現在我也很難講清楚，我還得去調查一些線索，但是，這個案子可能和我們的王大檢座有點兒關係……」

陳所長原本仔細的聽著，聽到這裡便愣住，他從警快二十年了，可不是什麼白痴，王碩彥稍微提點，他就知道他想說什麼：「王碩彥！」他立刻打住了王碩彥：「我警告你，你離那個什麼案子的遠一點！」他嚴厲的說道。

「呃，不是，所長我還沒講完……」

「我不用聽。」陳所長斬釘截鐵的說道，他很明白王碩彥的暗示，也知道王亮這個檢察官手腳不乾淨。他嚇到了，驚恐萬分，一點兒也不想了解細節：「那不是你該碰的，你給我離那個什麼鬼案子遠一點，聽到沒有？」

「……」

王碩彥完全沒料到，陳敬朋會是這種反應，王碩彥知道浮屍案有問題，也知道或許能拖出一系列貪官收賄的內幕，但他也只是說說而已，並沒有很大的毅力想往下查，誰知道陳敬朋直接就否定了一切，連想聽下去的心都沒有。

這是頭一次，王碩彥切身體會到長官們都在想什麼，他們都只想安安穩穩的度過任期，然後順順利利的升官，這無傷大雅，每個人都是這樣。但陳敬朋一聽到這事，首先露出的表情不是疑惑好奇，而是驚恐時，便讓王碩彥覺得，人竟然可以被社會磨成這副模樣。

王碩彥混歸混，但他並不是怕事情，只是不想處理事情，相較於已經「躺平」的陳敬朋，他發現，他至少還懷著一點身為警察的熱忱與好奇心。

第四章

休息了兩天，又是上班的日子，對簡育韋來說，他不曉得這個假日王碩彥經歷了什麼，但他自己也過得不太好。

他打電話給女友小莉，小莉沒接，十個小時後才傳訊息說是在上班，沒空。但一天有二十四小時，不可能無時無刻都在上班吧？為什麼隔了這麼久才回訊息？

簡育韋悶悶不樂，胡思亂想，他和小莉的關係已經出現了危機，事實上他這個月因為工作問題，已經取消了兩次與小莉的約會，一次是為了要跟學長聚餐喝酒，一次是為了處理家暴案件。

沒空陪小莉，讓他們的關係生變，前次在夜市的約會，簡育韋有感覺兩人的氛圍怪怪的，找手機殼後來也沒找到，種種跡象都顯示，兩人正在疏離。

小莉也許在生氣，氣簡育韋放她鴿子，畢竟作息問題已經困擾他們許久。

「各位，下個月就是『毒品月』了，各組績效拿出來。」派出所的週會上，陳敬朋振振有詞的說道：「局長很重視這次的專案呀，每個人都要有分數，知道嗎？」

簡育韋想著小莉的事，沒在聽，陳敬朋注意到他的心不在焉，便將他點起來：「簡育韋。」

他身旁的同事趕緊推推他：「育韋，在叫你啦。」

簡育韋立刻回過神：「是，所長。」

「我剛剛說了什麼？」陳敬朋不高興的問道。

「說……」簡育韋遲疑了一下：「每個人都要有績效，毒品月要全力以赴！」

「知道就好。」陳敬朋抿著嘴唇：「你和王碩彥給我認真一點，403小組不是叫假的。」

眾人紛紛竊笑，哪有什麼403小組，不過是調侃他們的而已。

「話說王碩彥人呢？」陳敬朋注意到王碩彥不在座內。

「報告，他去上廁所，晚點到。」簡育韋趕緊替王碩彥開脫，事實上王碩彥應該還在摸魚，逃掉了這個週會。

「上廁所？騙鬼啦，睡過頭就睡過頭。」陳敬朋悄聲罵了一句，他對王碩彥還不夠了解嗎，若不是王碩彥很會抓績效，他才不會這樣縱容他。

接著他想起了王碩彥上禮拜曾告訴他的事情，不禁覺得很不放心，便對簡育韋說：「欸，你叫你搭檔上班正常點，毒品月要到了，上頭看得緊，別被抓到把柄了。」

「收到。」簡育韋點頭。

這樣一講，簡育韋才覺得王碩彥這個假日好像怪怪的，都沒有傳訊息給他，今天上班，也沒有交代他任何事，不曉得在忙什麼。

開會結束後，簡育韋下樓去檢查王碩彥的簽到記錄，空白，於是很自然的替他簽上了名字，然後準備去找他。

大部分的上班時間，王碩彥都在摸魚，不是在家裡睡覺，就是在派出所樓上宿舍睡覺，要不就是出去外面跟人家泡茶。

他是很典型的那種老警察，事情全丟給學弟去做，難免引人話病。但簡育韋身為他的搭檔，卻不覺得委屈，王碩彥並非完全不做事，他們的分工很精細，小事簡育韋做，大事王碩彥做，這是他們長久以來的默契。

什麼是小事呢？舉凡簽巡邏表、處理違規停車、開罰單、接值班台電話、交通指揮等等這些沒難度的工作，都由簡育韋處理，像打雜小弟一樣；至於大事，基本上就是績效問題了，抓毒品、抓槍枝、抓竊盜、找贓車，這些全歸王碩彥負責，也只有他能負責。

有時候所長會突然生氣，開會罵大家，說派出所的績效太難看了，整個禮拜都沒抓到一個案件，毒品、竊盜、酒駕，數字掛零，混得太離譜了。他會要求各小組在三天內發破一個刑案，否則要他們好看。

這時候每個人都挫著等，要抓壞人談何容易？菜鳥根本毫無頭緒，但簡育韋就完全不需要擔心了，他的搭檔會派上用場。王碩彥是破刑案的高手，就像小叮噹一樣，所長要什麼他都能生出來，不管是要毒蟲、要小偷，他都抓得到。

具體是怎麼抓到的，簡育韋用三言兩語也解釋不清楚，就以贓車為例好了，因為王碩彥平時就有囤積贓車的習慣，所以要多少有多少。其他案件也是一樣的，王碩彥都有他的一套，能應付上司的各種績效要求。

這就是王碩彥必須處理的「大事」，他們這組雖然只有兩個人，卻從未擔心過績效問題。簡育韋全靠王碩彥罩，且也因為跟著王碩彥，學到不少撇步。

簡育韋覺得這樣很好，不管別人怎麼說閒話，他都很尊敬王碩彥，跑跑腿也甘之如飴。別人不會知道王碩彥的辛苦之處，有時候王碩彥為了抓毒蟲，得和一堆線人周旋，勞心勞力還傷財，這些都是別人看不見的，只有簡育韋知道。

「學長？」最後，簡育韋在宿舍找到了王碩彥。

今天是輪班改班的頭一個起班，王碩彥躺在他的床上，兩眼直盯著天花板，他竟然沒有在睡覺，而且還穿著制服，皮鞋就擺在床邊。

「學長，你怎麼了？」簡育韋嚇到的問：「發燒了嗎？」

「啊？」王碩彥者才回神，瞄了他一眼。

「你怎麼穿制服了呀，哈哈哈，你燒壞腦袋了吧？」

「白痴，上班不穿制服要穿什麼？」王碩彥白了他一眼。

簡育韋很快收起笑容，他看得出王碩彥有心事，便問：「學長，你在想什麼？」接著他就問起上禮拜的事情：「你去找檢察官，後來有發現什麼嗎？」

就這句檢察官，讓王碩彥懶得再拐彎抹角，他坐起來，想和簡育韋商量一件事，他這兩天一直在想王亮以及陳敬朋的話。

「阿韋呀，你能和我拆夥嗎？」他問道。

「咦？」簡育韋愣住：「為什麼這樣問？怎麼了？」

「我之後要做的事情可能會害到你，如果你繼續和我待在一起，你會很倒楣。」王碩彥不賣關子了，他想了一下，決定將前幾天與王亮的衝突，以及陳敬朋的警告，全都告訴簡育韋：「我想去殯儀館調監視器，檢察官驗屍一定都有錄影，我要知道那天解剖到底發生了什麼事。」

陳敬朋已經警告過他別再碰這起案子了，而王亮也不是個簡單人物，要是他知道王碩彥去調他解剖時的錄影帶，肯定會把他往死裡整，調地調單位就不說了，日子一定會變得很難過。

簡育韋聽完只有一個疑問：「你覺得王檢有問題？」

「對，而且只要去看那卷帶子，一定水落石出。」王碩彥說道：「看了帶子，不是我死，就是他死。」

王碩彥的推測是這樣的，那具浮屍，就如他們所猜測的，是運送新興毒品的工具。那藍色的粉末是前所未見的一種毒品，可能來自國外，跨國販毒集團勾結了政府人員，將一批用身體運毒的人送進國內，準備大賺一筆。不料其中一位卻忽然暴斃，還陰錯陽差的摔進河裡成了浮屍，漂在大漢溪上，被簡育韋和王碩彥給遇到。

這可不得了，毒品還藏在裡面呀，有參與這件事的政府官員們為了怕事情曝光，便緊急派了王亮處理。這解釋了為何浮屍才剛撈起來，檢察官就在三小時內進行解剖，並且草草以「無名屍」結案。

「那天，王亮帶著法醫開屍解剖，不為別的，就為了拿出裡面的毒品。」王碩彥說出他的推論：「那些毒品，是被檢察官夥同販毒集團帶走的，好死不死，剛好沾了一點在你的警察證上，留下後患。」

「這件事的利益有這麼大嗎？連檢察官都敢做這種事？」簡育韋眉頭深鎖的問道。

「這就是我不安的地方，要能策動檢察官，整個利益沒有上千萬、上億是不可能的。」王碩彥回答：「背後可能還有其他高官涉入。」

「那你怎麼確定你調得到錄影帶呢？」簡育韋反問：「假如他們解剖是為了拿出毒品，就一定不會留下證據，哪可能還傻傻讓你去查。」

「那就對了。」王碩彥勾起嘴角：「我們不需要看到錄影帶，我們只需要去查，只要這卷錄影帶被官方說銷毀了、遺失了、故障了、不見了，就代表，我的猜測沒有錯。」

「原來如此啊。」簡育韋恍然大悟。

「但我只要這麼做，就確定和王亮槓上了。」王碩彥將話題拉回來：「所以我要和你拆夥，你才會沒事。」

「但你這樣是圖什麼呢？」簡育韋想不明白：「你要去調錄影帶，也調不到真正的錄影帶呀，他一定不會留證據嘛，那你要怎麼扳倒王亮呢？」

「我又沒有要扳倒他。」

「咦？」

「像我們這種小蝦米，你以為能抓到那種等級的檢察官嗎？」王碩彥冷冷一笑，頗有雲淡風輕的感覺：「我只是想知道真相而已。」

「……」簡育韋沉默了一下，然後才說：「學長，你好怪喔，好像變了一個人，我以為你最怕麻煩事的，怎麼現在又想給自己惹麻煩？」

「那是你沒見過真正的我吧？」王碩彥搖搖頭：「你當我推案是真的怕案件嗎？我天不怕地不怕，想做什麼就做什麼，誰也拿我沒辦法。」

「哦，好像真的是這樣呢。」簡育韋笑道：「你可以很懶惰，也可以很積極，看你想不想做而已。」

「我想了老半天，決定好了，我鐵定要把這件事弄清楚，看看官場有多黑暗。」王碩彥說道：「你呢，你的話，你就自己去和所長說吧，說要和我拆夥。」

「誰說我要拆夥呀？」簡育韋回答：「這件事，我也要參加，我也要去。」

「嘖嘖，這麼愛湊熱鬧喔？」王碩彥說，卻不是很意外：「你真的知道會發生什麼事嗎？」

「我知道，而且我也不是愛湊熱鬧，我們是搭檔，我才不會隨便分開，這件鯊魚從一開始我就參與了，我也想知道真相。」簡育韋說著說著，眼神忽然就變得認真：「你是我學長，也是教導我的師父，師父去哪裡我就去哪裡，赴湯蹈火在所不惜。」

「哼，說得這麼壯麗。」王碩彥吐槽他，但心裡有點感動，簡育韋果然還是跟著他：「赴湯蹈火在所不惜哦？」

「對。」

「得罪檢察官也沒關係？」

「嗯。」

「好，那我們現在就去殯儀館。」王碩彥果斷說道，頓時來了精神：「走！」

板橋殯儀館，正午時間來來往往的人很多，王碩彥帶著簡育韋，按照一貫的路線，騎機車繞過捻香房，到達停屍間前面。

王碩彥要找的影帶分成兩個部分，一個是解剖時，檢察官自己帶攝影機錄的，它被封存在地檢署的檔案庫內，他們是弄不到的；另一個則是殯儀館自己的監視器，就放在殯儀館內，應該能錄到解剖室當時的畫面。

王碩彥走進管理處，與櫃檯稍微攀談一下，就成功取得調閱監視器的權力。其實殯儀館內部的監視器沒有什麼機密性，王碩彥以警察的身分，很容易就能瞎掰個理由調閱。

他說他是處理王亮那件「無名屍案」的警察，當天的解剖出了些問題，需要勘查影帶。結果，不出所料，櫃檯的人員才操作了一下電腦，就發現當天的監視器記錄已經被刪除了，一點畫面都沒有留下。

「怎麼會被刪除？」王碩彥故意問道，雖然他已經猜到了這個結果。

「不知道耶。」櫃檯人員疑惑的盯著螢幕：「不曉得是電腦自己刪的，還是有人來動到。」

王碩彥和簡育韋對望一眼，看來答案已經揭曉了，是王亮他們刪除了影帶畫面，為了消滅證據。

「現在呢？」簡育韋悄聲向王碩彥問道。

「我要再確認一件事。」

王碩彥接過櫃檯人員手中的滑鼠，自己來操作，他瀏覽了殯儀館裡裡外外所有的監視器，發現當天同一時間還有幾個畫面倖存，沒有被刪除，他立刻點進去。

只見當日下午五點二十幾分，王亮帶著法醫及書記官，三人匆匆忙忙的進入了停屍間，而且很快的在六點前就出來了。王碩彥再切換到停屍間內的畫面，只見王亮神情謹慎，指著解剖室，對著法醫不曉得在說什麼，一會兒三人就進到了解剖室內。

王碩彥再切換到解剖室內，然後就沒有畫面了，被刪除了。

「你們在找什麼？」此時，櫃檯人員起疑了。

「沒事，就看看當天解剖的過程。」王碩彥回答。

「解剖的過程？」櫃檯人員似乎想起了什麼，然後又想起王碩彥自稱是王亮那起案件的負責警員，便說：「啊，我想起來了，檢座交代過這個案件要保密，『偵查不公開』，如果有人想看大體都要先跟他說過。」

「這樣啊？」王碩彥故作驚訝：「檢座原來還有這層指示，那他還有交代什麼嗎？」

「你們真的是王檢派來的嗎？」櫃檯人員愈發懷疑。

「我們不是啊，我們只是處理這案件的警員，而且它不是已經結案了嗎？」王碩彥岔開話題：「大體都已經火化了，應該也沒什麼好『偵查不公開』了吧？」

「嗯，也是……」

「那我們就先離開囉。」王碩彥帶著簡育韋，不由分說就想落跑，這個櫃檯人員或許不是王亮的眼線，但王碩彥怎麼就覺得自己露餡了，就調個監視器而已，好像已經被王亮那雙眼睛給盯住了。

王碩彥打了聲招呼，就帶著簡育韋離開。簡育韋糊里糊塗的跟著王碩彥走，誰知才走到一半，突然又被他拉進另一個角落。

「欸？」

「噓。」王碩彥讓他閉嘴，躲在柱子後，並看了看走廊外的櫃檯人員，接著悄聲說：「我們還有另一件事要確認。」

「什麼事？」

王碩彥等櫃檯人員一走，就拉著簡育韋往走廊末端跑去。簡育韋對這條路線很熟悉，果然最後，他們來到了屍體冷凍庫前。

「你還記得那具大體是在哪個櫃子裡嗎？」王碩彥問道。

「15A。」簡育韋想也不想的回答。

「跟我記的一樣。」王碩彥說道，接著就去翻桌上的本子，看看15A現在是否有被使用中：「太好了，沒人。」

王碩彥進入冷凍室，在狹窄的空間中將15A冰櫃拉出來，這就是那具「無名屍」曾躺過的架子，此時空蕩蕩的。簡育韋不知道王碩彥想幹嘛，只能在一旁靜靜的看著，幫忙把風。

王碩彥瞇起眼睛，在寒氣中仔細打量鐵架子，沒找到他想找的那個藍色晶體，但總會留下什麼線索的，他反手從口袋中拿出一枚化學試紙，在鐵架子上擦了一下。

試紙很快的就變色了，從藍色變成了鮮豔的橙色。

「中了。」王碩彥說道。

「那是幹嘛的？」簡育韋湊過去問道。

「這架子上，有你警察證那天沾到的東西。」

試紙是刑事局的朋友給他的，能夠檢測甲基安非他命的存在，自然也能驗出它的變體，那種藍色的安非他命。

王碩彥的猜想，在此刻得到了具體的證實，浮屍確實帶著毒品，且在冰櫃與簡育韋的警察證上都留下痕跡。

「現在怎麼辦？」簡育韋問道，蹲下來仔細觀察了鐵架子：「你要去舉發那個檢察官嗎？」

「別傻了，哪那麼容易。」王碩彥沉著臉思考著，此地不宜久留，他將鐵架子推回原位，然後帶著簡育韋離開：「這試紙只能證明有毒品存在，根本無法證明王亮怎麼樣，而且……」

他們怕是已經打草驚蛇了。

兩人低著頭，悄悄想從後門溜出去，卻仍被櫃檯人員給認了出來。

「咦？你們剛剛不是已經走了嗎？怎麼還在呀？」櫃檯人員狐疑的問道。

「噢，我們剛剛去上廁所。」王碩彥朝他微笑。

然後，櫃檯人員就沒有再說話了，而是一直盯著他們，直到他們離開。

和殯儀館停屍間關係最密切的就是地檢署，因為停屍間唯一的工作就是協助檢察官驗屍。恐怕那位櫃檯人員已經給王亮通風報信了，王亮肯定特別交代過他什麼。

※　※　※

山雨欲來風滿樓，在兩天後，事情爆發了。

從分局的督察組，到總局的督察室，陸陸續續有許多督察人員到派出所來督勤。他們會翻本子、看勤務，並隨機用無線電抽喊在外的巡邏警員，檢查他們是否有落實工作。

分局的督察人員層級小，來督勤並不奇怪，但是總局的督察人員都是警徽有許多星星的大官，階級直逼分局長，更是不把所長放在眼裡；他們一般只有在發生大事的時候才會出來督勤，怎麼現在一次就來兩、三個？

派出所裡人人自危，大家都不曉得發生了什麼事，只有王碩彥和簡育韋知道，這恐怕是王亮的復仇。王亮發現了他們在調查「無名屍」的事，於是聯絡了他的好友，胡棟樑局長，胡局長便派了他的鷹爪，撲天蓋地的襲來。

還有一個人知道發生了什麼事，就是陳敬朋所長，派出所忽然受到百般刁難，各種督導接踵而至，他隨便想，也知道肯定和王碩彥之前提起的那件事有關。

他氣炸了，沒給王碩彥好臉色看，身為派出所的直屬主管，每一次督勤他都得陪同那些長官東奔西跑，每幾個小時來一次，有時連半夜都有，隨叩隨到，他真的是累斃了。

但他既不能問為什麼，也無從請上頭放他們一馬，這是不能說的祕密，他唯一能做的，就是揪著王碩彥的耳朵大罵：他不是要他別去惹那個檢察官了嗎！為何明知故犯！

就這樣，王碩彥和簡育韋的日子變得很難過，王碩彥規規矩矩的上班，不再敢遲到或消失，巡邏也準時出勤，不敢溜回寢室摸魚。現在不管是所長還是督察人員，大家都虎視眈眈的盯著他看，只要他一有疏失，就會被釘得滿頭包。

然而即使他如此戰戰兢兢，最終還是出了大包，在上級針對性的督導下，一項重大的勤務缺失被抓了出來。

王碩彥迎來了他從警生涯最大的危機，甚至，他能不能保住工作，都是未知數了。

第五章

轉眼間，一個禮拜過去了，簡育韋今天很早就到派出所，彷彿回到了遇見浮屍的那天，照慣例，他先去買午餐吃，打算窩在派出所聊天打屁，等王碩彥出現了再做打算。

不過今天派出所的氛圍有點奇怪，好像發生過什麼事，大家都靜悄悄的，不苟言笑，默默吃著自己的飯。最令簡育韋驚奇的是，他在簽出打卡的時候，竟發現王碩彥已經簽名了，王碩彥很少這麼早到派出所，即使被督勤，他頂多也就準時到崗。

「欸，大雄哥，剛剛有發生什麼事嗎？大家怎麼都怪怪的？」簡育韋吃著還剩一半的便當，用手肘推了推同事問道。

大雄哥靠過來，悄聲回答：「還不是因為鹽哥。」

「他怎了？」簡育韋頓時緊張起來。

「聽說他被抓到把柄了，事情很嚴重，所長大發雷霆，罵到連三樓都聽得見。」大雄哥嚴肅的說道，接著疑惑：「奇怪，你不是他搭檔嗎，怎麼會不知道？而且你麻煩大了喔，跟你有關。」

「咦？跟我有關？」

「你也幫他簽出過吧？」大雄哥的語氣一下子冷淡起來：「真不曉得你們哪來的勇氣，代簽出這個我從來不敢幫人做的。」

大雄哥點到為止，卻讓簡育韋心裡一震。難不成他幫王碩彥代簽出的事被發現了嗎？被誰發現的？是被督導人員發現的嗎？

這是很嚴重的缺失，所謂簽出打卡不確實，就是簽名請人代勞的意思，明明人沒到派出所工作，簿子上卻有簽名了。王碩彥長期都讓簡育韋幫他簽出，現在出問題了。

簡育韋無心再吃飯，把便當收一收後，就閃人準備去找王碩彥。

他先進裝備室，發現王碩彥已經領了警用無線電跟警槍，破天荒呀，提前這麼早來上班，還真是頭一回呢。

奶瓶姊也在裝備室內領槍，慢吞吞的也不管後面卡了一堆人，她動作一向不疾不徐，天塌下來還是那副柔弱的模樣。

「奶瓶姊，你有看到鹽哥嗎？」簡育韋問道。

「肯定是在樓上吧。」奶瓶姊回答，想了想又補充：「被所長罵。」

「怎麼大家都這麼說……」簡育韋嘀咕道。

就在他試圖上樓去找王碩彥時，從三樓忽然走下來一堆人，虎虎生風。

簡育韋見苗頭不對，趕緊落跑，這是所長、副所長以及一堆巡佐級幹部要下來了，一樓的眾多同事也都不是省油的燈，上一秒還在吃飯聊天，這一秒就像兔子般跑得不見蹤影，大家都十分機伶。

「王碩彥呢？」所長一到樓下就咆哮喊道。

坐在值班台的同事趕緊回頭說：「報告所長，沒看到。」

「去把他叫過來！」所長怒道，然後就和副所長及幹部們在沙發區坐下。

簡育韋就躲在沙發區外面的陽台偷聽，十分好奇，王碩彥不是應該跟所長待在一起嗎？還是剛剛已經被罵過一輪了，現在要被罵第二輪？

過了一會兒，王碩彥出現了，所長劈頭就罵：「你當現在沒有法律了嗎？你最大尾嗎？沒人管得動你？」

「報告所長，不是。」王碩彥回答。

「還不是！」

「很抱歉，所長。」

「跟我道歉沒有用，現在事情都發生了，你要我怎麼面對分局長？」所長說：「你最好祈禱上級肯放過你，不然你就準備被送法院調查，瀆職！再嚴重就送公懲會停職！」

聽到這裡，簡育韋大致確定了，和大雄哥說的並無二致，王碩彥上班不正常的事被揭發了，他長期請人代簽，夜路走多終於遇到鬼了。

「簡育韋呢？」這時，所長突然提到他的名字。

簡育韋嚇得跳起來。

「值班，去把簡育韋叫過來！」所長的聲音從裡頭傳來。

簡育韋趕緊從派出所後院溜走，才逃到一半，他的電話就響起，正是值班學長打來了：「喂，阿韋喔？對，所長找你，快回來派出所一樓。」

簡育韋倉促附和了幾聲，繞了一大圈又從派出所正門走進去，然後到後台去見所長。

「簡育韋。」所長直呼他的名字，指著桌上的本子說：「這是不是你簽的？」

本子正是簽出簿，所長指著的那格，正是一個禮拜前，王碩彥上班時所簽的名字。但那字跡分明不是王碩彥的，簡育韋很清楚，因為那是他代簽的，字跡就是他自己的。

「不是。」簡育韋冷靜的搖頭，這時候當然要否認到底。

「還不是勒，你是王碩彥的搭檔，分明就是你簽的！」所長氣呼呼的說道，其實他並沒有要究責，只是想把傷害降到最低點。他忍不住爆粗口：「你腦殘嗎？幫別人簽出，你就不怕偽造文書被送法院！」

「真的不是我簽的啊，我沒有幫學長簽出過。」簡育韋厚著臉皮狡辯。

「啊不用跟我說那些五四三的啦，你要講去跟督察組的講。」所長不耐煩的說道，並壞心情的喝了一口茶：「王碩彥要被列風紀控管對象了，督察組現在一筆一筆的對，從今年初開始對，還要調監視器看他是不是有準時上班簽出，你準備死了你。」他指著簡育韋搖搖頭：「只要被查到有代簽，一個都跑不掉，全部都會被送法院，偽造文書，我不騙你。」

所長又嘮叨了幾句，然後就放簡育韋走人。

其實王碩彥的危機就是陳敬朋的危機，假如王碩彥真的被送法院，他也逃不了管理不當的責任，肯定會被調離現職，而分局長也會連帶受到影響。

當然，這一切肯定都和那個王亮有關，陳敬朋心裡清楚，上級會這麼小題大做，都是王亮施壓的結果。對他們警察單位來說，檢察官是很大的，尤其王亮和胡局長關係又那麼好。

簡育韋灰溜溜的從後門離開，不料，竟在這遇到了王碩彥，兩人面面相覷，無言以對，眼下就只有他們而已，沒別人了。

「學長，你還真有種，剛剛才被罵完而已，還敢待在這裡？」簡育韋悄聲問道，隔牆有耳，門內就是所長等人呢。

「有什麼好不敢的？」王碩彥掏出一根菸，默默抽起來，並將窗戶打開一條縫，恰巧能看到派出所裡面的情形。

「哇靠，你還敢再偷看所長啊？」

「總得知道他們打算怎麼整我。」王碩彥回答。

「欸，對啊，到底是怎樣啊？才沒幾天而已，你怎麼瞬間炸裂啊？」簡育韋煩惱的問道：「現在你有可能會被送法院欸，我也是，該怎麼辦啊？」

「別瞎擔心，你不承認，我不承認，他們就死無對證的。」王碩彥並不特別緊張：「他們要是執著筆跡不一樣，我就說反正都是我簽的就好。」

「但要是他們找到別的把柄呢？」簡育韋說道，並唸出一堆專有名詞：「你平常的缺失應該不只這些吧？巡邏表沒簽、查戶口沒查、工作記錄簿沒寫……」

「停停停。」王碩彥聽得頭都痛了：「你當我新來的啊，你講的我都知道好嗎？這些缺失誰沒有啊，還不是只針對我。」

「你早就知道會這樣了呀。」簡育韋說道：「當你決定和王檢槓上時，就知道會有這個後果，現在害自己惹麻煩了吧？」

「哼，沒差，我又不後悔。」王碩彥抿著嘴回答：「晚點我還要去分局報告勒，跟督察組交代這半年來的簽出問題。」

「聽說之後還有警政署的長官要來查欸。」簡育韋提到：「唉，我們真是害慘派出所了，現在像火在燒，要倒楣了。」

王碩彥沉默不語，簡育韋只看到表面，他卻看到了更深層的問題。或許這些督導不僅僅是王亮的復仇，更是為了阻止他們繼續查下去，所做的疲勞轟炸。

王碩彥並沒有放棄調查那新興毒品的事情，他只是在等待新的線索出現，以他的經驗，運毒不會只有一次，對方早晚會露出馬腳的。他還是秉持那句話，時間是警察最好的朋友，他需要做的就是耐心等待，先度過自己這一關。

※　※　※

王碩彥正式被列為風紀管控對象了，現在各層級的督察人員都盯著他的作息，每日不分晝夜到派出所查勤，除了調查他之前的勤務記錄，還會跟蹤他，監視他所有的工作狀況，只要一有缺失，懲處就會如快刀斬下。

警察和所有的公務員一樣，只要被記滿十八支申誡就會被免職，督察人員的最高任務，就是讓王碩彥集滿十八支申誡，掃地走人。但這也不是說辦到就辦到，因為王碩彥今年累積的嘉獎數目也很多，功過相抵，要讓他達到免職門檻可不容易。

「你們現在什麼班啊？」晚上十點，派出所裡的督察人員毫不客氣的就對簡育韋問道。

「巡邏。」簡育韋無精打采的回答。

「哦，好。」督察人員笑著看了看手錶。

他這聲「好」是帶著惡意的，現在時間十點零八分，而簡育韋與王碩彥該出勤巡邏的時間是十點十分，只要晚一秒鐘踏出派出所的門，督察人員就會直接記申誡，毫不留情。

被列管就是這麼累，就算出門了，開始巡邏了，督察人員也會開車跟著你，在後面看著你，拿著攝像機錄影，一刻都不得鬆懈。

十點零九分，簡育韋跟著王碩彥出門，騎上機車，開始了兩個小時的壓馬路，兩人很有默契的不說一句話，只是專心的巡邏。

「六兩、六兩，六洞呼叫。」此時，無線電喊了他們的代號。

王碩彥舉起無線電說：「六兩回答。」

「民眾報案，說中正路二一三號有妨害安寧，你們過去看看。」值班台派遣了事情給他們處理。

「收到。」

王碩彥拐了個方向，偏離原本的巡邏路線，往中正路兩百一十三號前去。騎了一會兒他故意轉進了小巷子裡，簡育韋轉頭，發現那個督察人員被卡在外頭，汽車進不來，只能氣急敗壞的下車指著他們罵。

「哈哈，學長，這樣可以哦？不會激怒他嗎？」簡育韋笑道。

「管他的。」王碩彥蠻不在乎的說道，顯然受夠了。

中正路兩百一十三號就在眼前，兩人遠遠的就能聽見狗叫聲，在晚上特別響亮，這起妨害安寧顯然是由狗引起的。

趕狗也是警察的一項重要任務，民眾報案的類型五花八門，各種雞毛蒜皮的小事都有，其中不管是小狗走失、狗吠吵人、狗咬人、狗被車撞，都是警察有可能處理到的。

在二一三號附近的市場，有數隻野狗在咆哮追逐，跑來跑去叫個不停。王碩彥帶著簡育韋朝牠們走去，並抽出了他的祕密武器，警棍！

別誤會，他們不是要虐待動物，狗也沒那麼笨讓他們打，警棍只是用來嚇狗而已。只見王碩彥揮舞警棍，匡匡匡匡的用警棍敲擊馬路，搭配機車上的紅藍警示燈，那些狗便嚇得一哄而散。

「搞定。」王碩彥滿意的說道，用無線電回報他們的處理狀況。

簡育韋快笑死了，王碩彥趕狗的場景他看過無數次，每次都超滑稽。

王碩彥的警棍彎彎的，快報銷了，看似經歷過什麼豐功偉業，卻大錯特錯。他的警棍越來越彎可不是逮捕壞人弄出來的，而是敲地板趕狗敲出來的，他的警棍正事不做，就專門用來趕狗。

「走吧。」王碩彥朝他使了個眼色，跨上機車調頭準備出巷子。

「要去哪裡？」簡育韋發現方向不對，這可不是巡邏路線。

王碩彥白了他一眼：「去休息一下啊，你不累我都累了，好不容易甩掉那些禿鷹了。」他意指督察人員，並下意識左右張望了一會兒，看看有沒有被跟蹤。

「嘻嘻，好哦。」簡育韋開心了，王碩彥果然是王碩彥，不摸魚就不叫王碩彥了。

兩人離開了市區，往河堤郊外駛去。夜風很涼，涼到有點冷，路燈越來越少，只剩高架道路上的車燈在閃爍，今晚的月亮不露臉。

河堤外是一大片綠地，兩條小柏油路是自行車道，汽機車禁止進入，但警車例外，王碩彥就帶著簡育韋悠悠向前騎，沒有目的，只是兜風。

簡育韋很喜歡這裡，這裡沒有人、沒有雜事、沒有喧囂，和堤防另一邊那充滿算計、報案電話響不停的城市，儼然是兩個世界。

王碩彥停下了機車，熄火，在一棵大樹下抽起菸來。簡育韋看著他，他也看著簡育韋，突然就問一句：「知道我為什麼叫作鹽哥嗎？」

「怎麼這樣問？」簡育韋回答，坐在機車上晃著雙腳：「我是你的搭檔，怎麼可能不知道？」

「所以你聽到的是哪個版本？」王碩彥可不記得自己有跟簡育韋講過他暱稱的由來：「說說看，我為什麼叫鹽哥。」

「因為你在毒品裡面摻鹽巴。」簡育韋笑道：「而且摻得很出名，連別的分局都知道，所以叫作鹽哥。」

「嘖嘖，這樣啊。」王碩彥勾起嘴角。

簡育韋算是說對了，王碩彥之所以被稱作鹽哥，源自於他過去風光的時候，他負責緝毒，總在查扣到的毒品內摻入鹽巴作假，摻得無法無天，所以才有這個稱呼。

至於為什麼要摻鹽巴，還是跟績效有關。以現行的制度為例，抓到十公克以上的海洛因，跟十公克以下，得到的刑案分數有天壤之別，差了三、四倍都有可能。

如果很衰，從毒蟲身上查扣到的海洛因只有九公克怎麼辦？明明只差一公克就能滿十公克了，放棄實在太可惜，這時候就只好使出殺手鐧，摻鹽！

由於海洛因長得跟細鹽一模一樣，外觀幾乎分不出來，因此經驗豐富的老警察都會在毒品袋裡摻鹽，混在一起後搖一搖，九公克就變成十公克了，分數加倍！

這是作假，但沒人知道就不算作假，畢竟原始的毒品本來就不純，你不會知道毒販在裡頭加了什麼偷工減料的東西，就算警察沒摻鹽進去，驗出來也是有一堆亂七八糟的成分，摻點鹽真的算小意思了，不過分！

對嫌犯而言，他也沒有被栽贓誣陷的問題，他持有毒品就是持有毒品，九公克和十公克是一樣的，不會因此被判刑比較重。摻鹽唯一的差別，就是讓警察的績效騰空飛起，不摻就是笨蛋，摻一摻皆大歡喜！

「海洛因摻的是鹽，安非他命摻的就是冰糖，敲碎的那種。」王碩彥解釋起兩種毒品外觀上的差異，海洛因是細的，安非他命則是半透明狀的小顆粒：「但我在風光時期，根本看不上安仔（安非他命）這種小case，我只抓一級毒品，海洛因和大麻。」

「所以你才叫鹽哥嘛。」簡育韋佩服的說道：「聽說你很大膽，毒品可以摻進一半以上的鹽，整包鹹嘟嘟的，都可以拿來配菜了。」

「那時候在分局的專案組毒組，真的很缺績效，走火入魔了吧。」王碩彥嘆口氣說：「現在想想真的是傻，冒那麼多風險作假，為誰辛苦為誰忙？沒被抓到就沒事，被抓到那可是會送法院的。」

「嗯啊，我們基層警員就是幫長官抬轎的，績效好看，長官飛黃騰達，但我們還是我們，永遠都是一線三星的基層警員。」簡育韋也心有戚戚焉，拍拍王碩彥的肩膀說：「辛苦了。」

王碩彥苦笑，簡育韋永遠不會知道他在過去那段時間，做過多少荒唐的事情。摻鹽真的算小

case，他們還會貼膠帶，在毒品袋內側貼膠帶來增重，因為是透明的所以看不出來，卻可以將九點多公克的重量拉到十公克，於無形之中達成目標。

真的，招數太多了，他懷著一身絕技，如今卻無用武之地。他是一個心死的人，看盡人情冷暖，這個行業已經不值得他再付出，一點意義都沒有。

「所以學長……你當初到底發生了什麼事？為什麼離開緝毒組？」簡育韋問道，他最感興趣的就是這個。

鹽哥的暱稱由來他早就知道了，但就是離開緝毒組的原因，眾說紛紜，沒一個人講得清楚。王碩彥原本是分局裡的風雲人物，卻一夕之間變了天，調離現職來到外勤派出所，從此就變得頹廢打混愛摸魚。

那是在簡育韋當警察以前就發生的事情，簡育韋一直很好奇，當時到底怎麼了，他問過好幾次，王碩彥卻沒給過正面答案。

「嗯……」王碩彥看著簡育韋，又默默點燃了一根菸，突然覺得，告訴他也無妨，於是他說：「怪我太愛管閒事吧。」

「愛管閒事？」

「當一個警察最重要的，就是不要管閒事，你們什麼都不必學，學這個就好。」王碩彥抿著嘴說道：「否則會很慘，得不到好處就算了，還惹一身麻煩。」

當年王碩彥除了專責抓毒品，還負責採尿驗毒的業務：在法庭上要咬定一名毒蟲有沒有吸毒，就得靠驗尿報告來佐證，不管是吸食海洛因、安非他命還是K他命，全都會在尿液中反應出來。

王碩彥的抽屜打開來，全是尿瓶，別說噁心，它們可都是績效來源，只要驗出來有反應，就可以轉化成分數，跟寶藏差不多的概念了。

那天是這樣的，王碩彥的同事抓到一個年輕的毒蟲，二十歲不到，持有安非他命好幾包。只要是毒品案被抓的，就要驗尿，當時採到的尿都交給王碩彥保管，會送到相關單位去檢驗。

王碩彥拿到小伙子的尿瓶時，就覺得很不對勁了，整瓶尿都是透明的，好像水一樣，沒一丁點黃色。

他下意識覺得他的同事被耍了，犯人肯定撈了馬桶水上來交差，這種狀況屢見不鮮，為了逃避驗尿，毒蟲什麼怪招都使得出來。王碩彥當下就提醒同事，這尿有問題，必須重新採。

王碩彥的同事卻不樂意了，他說：「鹽哥你當我第一天出來混嗎？我兩隻眼睛看著他尿出來的，我也知道顏色有點淡，但就是從他懶覺出來的沒錯啦。」

王碩彥還是覺得有問題，正常人的尿不可能是這樣的，經驗老道的他還看過有人在褲子裡藏水袋，用假的生殖器尿出假尿，矇騙警察。

基於熱心，他堅持讓同事重新採尿，自己就站在旁邊看著，看嫌犯在玩什麼把戲。

驗尿的小伙子骨瘦如柴，圓凸凸的眼睛咕嚕嚕轉動，手還時不時抖個幾下。這種吸毒過量的模樣，王碩彥看多了，他不耐煩的戳了戳小伙子的背，要他尿快一點，別拖時間。

結果，尿出來的尿真的是透明的，和第一次尿的一模一樣，沒半點顏色。

「看吧，我就說了。」王碩彥的同事真的很不高興：「鹽哥你真的太瞧不起我了，有問題我會看不出來？他媽的要是這小鬼敢耍花樣，我就一巴掌拍死他。」說完他就粗魯的將小伙子拎出去。

王碩彥拿著封起來的尿瓶看，還是覺得很不對勁。這次他卻不再懷疑小伙子造假，而是懷疑——小伙子的身體有問題。

記得剛畢業那年，他跟在他師父旁邊學習，也曾看過這種全透明的尿，尿出這尿的女嫌犯，在上囚車的時候突然暈厥，送醫之後才緩過來。醫生說是腎臟有問題，腎衰竭讓水分無法正常代謝，才會原封不動的全排出來，如果晚點送醫，恐怕已經回天乏術了。

沒想到如今又再看到相同的尿，還不是馬桶水偽裝的，王碩彥不禁心生懷疑，多了分忐忑和警戒心。

王碩彥開始偷偷觀察小伙子，怕他跟那個女的一樣，突然「剎起來」。但小伙子除了偶爾抖一下，打個哆嗦，並無什麼大礙。

直到做筆錄的時候，狀況發生了，小伙子忽然趴在桌上。

「欸欸欸，幹嘛啊，裝死喔？」辦案的同事立刻戳他肋骨。

小伙子一動也不動，戳了好久才戳醒，雖然坐起來了卻一副病懨懨的樣子，說話有氣無力。王碩彥當下就決定要叫救護車，但局裡的同事包括小隊長都覺得他大驚小怪，嫌犯裝病裝痛不做筆錄是常有的事，三天兩頭就能遇上一回，怎麼王碩彥反應這麼大？

王碩彥很難解釋，他拿出那瓶尿給眾人看，提出小伙子有腎衰竭的可能，但他的同事都不認同他的看法，一旦送醫，筆錄就做不完了。警察辦案有時間限制，也就是所謂的「檢警共用十六小時」，要是沒在十六個小時內將嫌犯送法院，他們會變得很麻煩，有限制人身自由的問題。

眾人理論半天，沒個結論，最後果真如王碩彥所料的，小伙子突然猝死，口吐白沫的倒在桌上，連送醫都來不及。

嫌犯死在警察機關內，這事當天就上了新聞，鬧得轟轟烈烈。王碩彥所在的板橋分局偵查隊立刻遭到徹查，分局長岌岌可危，隨時有倒台被拉下來的可能。

但身為一個「三線一星」的大官，什麼沒有，就是眼色很機警。分局長在地檢署及政風室來調查之前，就命王碩彥等人將相關證據清得一乾二淨，包括那瓶透明的尿，如此一來就沒人能證明他們有疏失，可以怪罪嫌犯自己身體不好，說猝死就猝死。

然而在地檢署撲天蓋地的徹查下，王碩彥所在的組毒組還是出包了，他們平時在抽屜囤積的尿瓶、毒品、槍枝；地下室囤積的贓車、贓物、娃娃機台，全部被檢察官給查扣，一般人無端持有這些東西就是違法，警察也一樣。

王碩彥就這樣，首當其衝，不只因為小伙子的死被調查了疏失問題，他所掌管的尿瓶也全被抄得一乾二淨，先前的作假灌水記錄被放大檢視，整批團隊幾乎有一半的人都被送法院起訴。

最扯的，這一切的始作俑者，也就是命令他們績效造假的人，隊長、副隊長，全都沒事，只有基層的揹黑鍋受苦，分局長身為單位的主官，更是撇得一乾二淨，完全置身事外。

王碩彥講到這裡，直接飆髒話：「媽的，我為的是誰？辛辛苦苦抓績效，出事了還得一肩扛。我也想正正當當的辦案，但他們要求的成績和數字，如果沒有作假，是不可能達成的。」

「我了解……」簡育韋安慰的拍拍他肩膀。

「你講的沒錯，我們就是為他們抬轎而已，自己半點好處也得不到，都是虛偽的。」王碩彥越說越氣憤：「重點是，他們還在那裡講，說如果不是我拿那瓶尿做文章，嫌犯愛怎麼猝死就怎麼猝死，都不干他們的事，就因為我說尿有問題，變成就有把柄在別人手上了。他們這樣講有道理嗎？那畢竟是一條人命欸。」

「尿不是在檢察官來之前就丟掉了嗎？」簡育韋問道。

「是丟掉了，但長官還是認為是我的錯，如果我不要那麼白目拿尿亂說話，或許不會觸霉頭，被地檢署抄得那麼慘。」

簡育韋很同情他，明明是好心想救小伙子，卻成為眾矢之的，長官的眼中釘。重點小伙子後來怎麼樣了？國家如何賠償？也都沒下文，他的猝死只是一條導火線，害得板橋分局醜態攤出，所有的弊端及作假證據都被攤在陽光下檢視。

長官的升遷之路受阻，對分局內部而言才是最嚴重的。

經歷這次之後，王碩彥就離開了緝毒組，自願請調到外勤派出所，從一名刑警變成了基層警員——王碩彥先前就是一名刑警，他所待的「偵查隊」，舊名就是刑警隊，緝毒組是其中一個小組。

反正日子混一天也是過一天，忙一天也是過一天，他何必為了別人付出那麼多？不如好好的摸魚，好好的生活，薪水照領，放假照放，何樂而不為？

當然，作假被抓是他的錯，但他不能接受長官的落井下石。他的熱忱已經不比以往了，現在的他得過且過，再也不會去執著什麼事。

「但我覺得你還是很厲害呀。」簡育韋由衷說道：「你是派出所的大戰將欸！」

「那是派出所的要求太低了。」王碩彥意興闌珊的說道：「以前我的功力是現在的十倍以上，現在我偶爾做點事，只是為了不要讓人說閒話，要是連這點功用都沒有，早就被踢出去了。」

「也是哦？」簡育韋笑道，想想卻覺得不對：「但你講這麼多，你說不要多管閒事，怎麼你現在又多管閒事了呢？」他指的，正是王亮與新興毒品的事情。

「忍不住嘛。」王碩彥抿著嘴，也不曉得該怎麼回答：「你說我混歸混，但對警界的細節懂得越多，就越會感到好奇，到底這些販毒集團是怎麼被包庇的，我們抓下游的毒蟲抓不完，殊不知真正的大毒梟都有政府官員當後台，根本抓不到。」他越想越沉重：「再說這可能是一起由檢察官包庇的案子，我能不好奇嗎？」

沒說出口的是，當年他們一干基層員警全被記了過，而分局長等長官都沒事；如今他卻找到了像王亮這種大官的把柄，不搞他一把，說得過去嗎？

他不是什麼聖人，他也會心理不平衡，他一直在思索著，要用什麼方式才有辦法將一切查個清楚。

就在這時，從無線電忽然傳來緊急通報：「六洞線上各台注意收聽，立刻前往長江路七號支援。」

第六章

「六洞線上各台注意收聽，立刻前往長江路七號支援。」從無線電忽然傳來緊急通報，簡潔有力：「嫌犯車號AAT—15●3，一車四人涉及洞三案件，『洞的是人』，儘速到達，注意安全，各台到達後回報。」

王碩彥和簡育韋一聽，面色一緊，什麼話也不說就跨上機車，朝著通報的地址狂飆而去。一路上可以見到有其他同事陸續出現，大家都開啟了警笛，嗡嗡嗡嗡的叫個不停。

所謂的「洞三案件」是指搶奪案，但無線電加了一句但書，「洞的是人」，代表這不是搶奪案，而是綁架案。警察為了怕事情鬧大，通常會把案子講小，倘若有需要再升級，畢竟講小了可以變大，但講大了你很難再變小。

無線電通報的意思很清楚，有台汽車涉及了綁架案，他不只調度了轄區所有的警力到場處理，也將請求分局「快打部隊」支援，在最短時間內集結警力。

簡育韋跟在王碩彥身後，機車時速飆到了八十公里，一路上都在闖紅燈。他並不是第一次碰到重大刑案，像板橋這種人多事雜的大城市，平時砍砍人、打打架都不稀奇，綁綁票、開開槍才會讓人稍微有點精神。

長江路七號是一家花店，緊鄰殯儀館，專門賣奠儀花圈和各種罐頭塔，簡育韋和王碩彥一趕到，已經有十幾個同事在現場了，他們形成包圍網，一個一個站在花店周圍，盯著前後左右，神情警戒。

「怎麼了？」王碩彥將車停在一旁，往柏油路走去。

同事回答：「有人說看到四個黑衣人抓著一個男的上車，車子開到地下室去就沒有上來了。」他指著花店旁邊的地下室洞口說道：「李巡佐已經帶人下去找了，叫我們守在上面。」

果真是綁架案，王碩彥對轄區很熟，知道這間花店的老闆並不是什麼善類，欠了一屁股債，被強押帶走也不是什麼奇怪的事。

「報案人呢？」王碩彥問。

「在那邊。」同事指著花店旁邊的小巷子說道，那裡有個魂不守舍的婦人，她只是個目擊者，顯然被嚇壞了。

王碩彥朝她走去，才想問清楚事情經過，就聽地下室洞口傳來巨大的引擎聲響，伴隨著金屬扭曲的可怕聲音——一台休旅車暴衝上來，前頭底盤還卡著一台警用機車。

眾人一看就知道是下面出事了，休旅車竟直接撞倒警用機車衝上來。守在洞口的兩個警察見苗頭不對，趕緊跳開，而休旅車果然跟玩命似的撞出來，衝到馬路上，被停等紅綠燈的計程車給卡住。

「不要跑！」王碩彥吆喝道，當機立斷，拔出腰際的手槍示警。

其他同事見狀也跟著拔出槍來，休旅車的車號正是ＡＡＴ—15●3，和通報的一模一樣，可見被綁架的人就在車上。

然而在警察要圍上去之前，休旅車已經撞開了擋路的計程車，從人行道上倉促逃命。王碩彥率先開槍，瞄準車子的輪胎擊發，一面跑著追過去。

「不要追了！」這時陳敬朋出現了，對著王碩彥嚷道。

所長的判斷沒錯，太危險了，休旅車撞倒一整排的機車後，竟逆向衝過紅綠燈，往高架道路揚長而去，完全沒有在顧及人命。

「嫌疑人車輛ＡＡＴ—15●3往新莊方向駛去。」所長接過身旁部屬的無線電，通報道：「疑似挾持被害人，左後輪爆胎，請新莊立刻實行攔截圍捕。」

「收到。」勤務中心回電。

說別追了是指不要用肉身追，而不代表要縱放嫌犯。半數的同仁在所長的指揮下，立刻騎上機車往新莊方向前去，而另外一半的同仁則停留在現場勘查，釐清整個擄人的過程。

王碩彥和簡育韋都在追捕的隊伍中，他們騎著機車，尾隨其他同事，往新莊的方向駛去。偌大的高架道路是禁止機車通行的，此時卻穿梭著十幾台警用機車，非常顯眼。

警察在追車分為「真追」和「假追」，所謂的真追，就是以要攔截對方為目的，用盡全力去追，十分危險，要是對方闖紅燈、逆向行駛，你也得跟著違規才能追到，很容易發生車禍；倘若嫌犯不慎撞車斃命，還有可能遭到對方家屬的控告，說警察追車害人。

另一種則是假追，目的只在於黏著對方，確認對方的位置動態，協助其他單位在前方攔截。假追因為積極性不高，以自身安全為優先，所以很有可能追丟。但追丟不打緊，現在的警察講求科技辦案，只要記住嫌犯的車牌，往後還是能利用監視器、手機定位等等手段，將嫌犯揪出來。

陳敬朋的意思很清楚，現在所有人「假追」就好，配合新莊那邊攔截，別太衝動，把自己弄受傷了，這批嫌犯很危險，說不準車上還有槍之類的。

乍聽之下他是為了同仁的生命安全著想，但其實也是為了自己的仕途著想，這種刑案，要是弄不好害屬下殉職，他自己也很麻煩。還是那句老話，四平八穩最重要，別總想著要爭功出風頭，反正只要無過，就是幸運順利。

車隊很快到了新莊轄區，在「假追」的狀況下，他們如預期的追丟了，而新莊的警察也正在循線找人，聽聞很有可能跑到山區去了。

「哼，追一台爆胎的破車也能追丟。」王碩彥不滿的說道，和眾人一起在新莊分局前停車，等候陳敬朋的指示：「好不容易有點刺激的事情做，就這樣飛了。」

「噗，學長你最近被督勤悶壞囉？」簡育韋調侃道，很佩服他們還有心情開玩笑。

記得王碩彥曾經說過，一旦轄區發生槍戰需要支援，不管怎樣都要衝第一個，這可不是為了什麼捨身救命的偉大情操，而是因為，衝第一個的人，坐車可以坐最裡面，下車的時候就最慢出來，最後一個上場，遇到危險被擊斃的機率就大大的降低了。

這話聽起來像玩笑話，但在當時給簡育韋不小的震撼，而且也挺符合王碩彥行事作風。不過用在今日，竟然完全不準了，王碩彥其實還滿積極的，在發生大事的時候，並沒有想像中那麼龜縮。

陳敬朋很快就來了，這案件畢竟是發生在他們轄區的，是屬於他們的案件。雖然新莊分局現在協助他們追車，但偵辦責任還得落在他們身上。

陳敬朋會同分局來的刑警人員，立刻借用新莊的場地開會，刑警隊長的指示很簡單，先照「妨害自由」辦理，等確定了整個案情，再決定是否以「擄人勒贖」結案，這樣可有效避免媒體先將輿論放大。

接著新莊方面就傳來消息，說嫌疑人車已經越過後山，逃到林口去了。話不多說，陳敬朋再次布局，讓一部分的人先回派出所，其餘的人繼續前往林口追查。

要是在平常，王碩彥鐵定希望自己是能回派出所的那一批人，但想到回派出所還得面對督勤，他寧願到林口去忙碌。陳敬朋一眼就看穿了他的想法，旋即讓他和簡育韋換上便衣，跟隨分局的刑警一同前往林口逮人。他知道王碩彥還是個有能力的人，與其把他留在派出所被督察人員抓把柄，不如推到前線去效力。

就這樣，輾轉之下，王碩彥和簡育韋今天的班徹底改變，什麼巡邏、什麼值班都不用上了，他們要到林口去抓人，或許會臥底、或許會攻堅，或許會待上好幾天，連續十幾個小時不睡覺。

王碩彥是老警察了，早已習慣這種說變就變的安排，想當初立法院曾發生過暴動，他們也是上了車就去支援，隔好幾天才回板橋；但對簡育韋而言，這可是大地震啊。

「學長，那我們還要回去還裝備嗎？明天的班還要上嗎？」簡育韋悄聲問道，有許多不安。

王碩彥沒有回答他，只是給他一個眼神，要他閉嘴。反正接下來就聽上級命令辦事，能儘快抓到嫌犯是最好，大家都能早點休息。

AAT—15●3，有了車號，相關車主的身分很快就由派出所那邊追查出來，並根據被害人家屬的口供，他們鎖定了幾個重大嫌疑人。

王碩彥方面也到了林口，配合一票刑警，在林口分局成立了臨時指揮所，準備大規模去尋找那台已經爆胎的車。

在這裡，王碩彥見到了那個他很討厭的人，就是林口的分局長，林木森。

林木森長得乾巴巴的，一副營養不良的樣子，像竹節蟲似的，但這個人很貪婪，也很小家子氣，雖然貴為分局長了，卻長得像個猥瑣老頭，相貌不善。

而他，正是王碩彥當初在刑警隊，因驗尿事件出大包時，擔任刑警隊長的人。當時的他沒有幫王碩彥說任何一句話，而是急躁的要他們銷贓滅證，轉身又將他們這些下屬全都送法院。

林木森現在不負眾望，飛黃騰達了，從一個隊長變成了分局長，殊不知都是踩著這些下屬的頭顱往上爬的。

王碩彥一想起當初替他做了多少績效，就心有怨恨，但林木森完全沒認出他來，只是端著一杯茶，悠哉悠哉的出來盛熱水，客套的往他出借的會議室喊一句，辛苦了，然後就回樓上寢室去了。

林口分局剛成立，設備都還很新穎，別的不說，椅子坐起來就很舒服，這大概是唯一讓人感到欣慰的事了。

深夜，王碩彥帶著簡育韋以及兩位刑警，乘著一般汽車往山區駛去。

他們接獲線報，民眾疑似在公路邊發現了那台ＡＡＴ—15●3，歹徒很有可能換車了，將爆胎的汽車丟在路邊。但不排除他們還在附近，因此要提高警覺，還要避免打草驚蛇，於是大家都穿著便服，假裝自己是一般人。

夜間的山區十分寒冷，簡育韋剛下車就打了個噴嚏。這裡杳無人煙，只有公路和路燈，遠遠就能看到一台白色休旅車停在路邊，左後輪因為爆胎已經磨損不堪，空氣中還瀰漫著燒焦味。

王碩彥和兩位刑警走了一段距離就停下來，只是觀望，不再繼續前進。

「怎麼了？」簡育韋問道，並拿起攝像機錄影，那是他被分配到的工作。

「這車有鬼。」王碩彥說道，和兩位刑警互換個眼色。

簡育韋不敢再說話，他不曉得學長們發現了什麼，但在這關頭他還是安靜點好。

王碩彥繞到車頭去，透過擋風玻璃似乎看到了什麼，他拔出警槍，迅速靠近副駕駛座，伸手一扳將車門拉開，然後立刻後退。

因為傾斜的關係，從車裡竟滾出了一個男人，眾人面色大變，但並沒有掉以輕心。王碩彥接著再打開後座，確定整輛車沒其他人後，才趕緊收起槍，前去關心倒在地上的人。

「快叫救護車！」某位刑警對簡育韋說道。

「死了。」王碩彥摸了一把他的鼻息，並檢查其他生命徵兆，然後皺眉：「奇怪。」

這人王碩彥不認識，但並不是被擄走的鮮花店老闆，可想就是那些歹徒的其中一人。這就詭異了，就算撕票，死的也應該是人質，怎麼會死歹徒呢？他是怎麼死的？

死者身上找不到任何外傷，只有雙眼發腫，臉皮也有點漲紅，年紀不超過三十歲。王碩彥簡單翻了一下他的口袋想找證件，卻空空如也，他索性就將屍體擺回去，不破壞跡證。

「先請採證的過來吧，說這裡有死者。」他說道，請身邊的刑警聯絡，然後又朝簡育韋吆喝：「阿韋，去拿封鎖線過來一下。」

「嗯，歹徒把車丟在這裡，應該是往山下去了。」另一位刑警沉思道，並望向公路另一頭：「再過去就是桃園市區，要找可不容易了。」

「你認為他們發生什麼事了？」王碩彥看著屍體問道：「意見不合？分贓不均？」

「還沒拿到贖款怎麼會分贓不均？」刑警說道：「而且這些都只是小弟吧？贖款也落不到他們手上。」

王碩彥又觀察了一下屍體，覺得事有蹊蹺，便戴上手套，撥開他的眼皮。

這一撥，全部的人都停住呼吸，只見在他臃腫的眼皮下，布滿了藍色的晶體，好像眼屎那樣的黏在眼球上，無所不在。仔細一看，甚至連眼白上的血管都是藍色的。

兩位刑警駭然失色，他們接觸過那麼多命案現場，第一次看到這樣子的屍體。而王碩彥更是整個人睜大眼愣住，他緩緩望向簡育韋，兩人在沉默之中，已經交換了無數的言語。

這晶體，和簡育韋當初警察證上沾到的，莫不是同一種東西？

王碩彥忍不住，立刻用手套沾了一點，擺在槍頭上，然後用打火機一燒，裊裊白煙升起，傳來了一股熟悉的味道，正是那種塑膠與木柴混合的味道，和當初的新興毒品一模一樣。

「這什麼味道？」兩位刑警也都聞到了，見識多廣的他們紛紛面色一緊，脫口而出：「安非他命？」

「好像是。」王碩彥不曉得該不該隱瞞，含糊的答道。

「這人是被『安仔』毒死的？」某位刑警問道，更加靠近屍體：「但為什麼會連眼睛上都有？」

「這也不像『安仔』的味道啊？」另一位也皺著眉。

「板橋的學長，你手套借我一下。」兩位刑警頓時被激起了好奇，在屍體旁蹲下。

王碩彥默默的退出，退到簡育韋身旁，此刻的他心裡滿是疑惑。

為何在這種地方會出現藍色毒品？這人是誰？怎麼死的？為何死狀這麼淒慘？

他的腦海有千絲萬縷飄過，曾經斷掉的毒品線索，竟在這裡又有了突如其來的發現，但卻令一切更加撲朔迷離。

「學長，難不成他也是用身體來運毒的？」簡育韋問道，想起了那具浮屍。

「不知道，應該不是。」王碩彥嘟噥著：「身體運毒那也是用袋子裝著，或吞膠囊藏在胃裡，你看過有人藏毒藏到從眼球跑出來的？」

「我也不懂呀，好奇怪喔。」

疑點太多了，這具詭異的屍體，皮膚已經開始發藍，可想毒品不只存在於它的眼皮底下，而是全身都有，儼然成了一具浸滿毒品的皮囊。

三人怕破壞跡證，便不再繼續翻動屍體，王碩彥讓簡育韋將封鎖線圍上後，就在原地等候採證人員。

案情不太樂觀，歹徒四人死了一個，剩下的不知跑哪去了，一旦他們跑離北部，要找起來可就曠日廢時了。

王碩彥在這四人中占據主導地位，他想了想，便決定道：「學長，我們還是跟林口申請一下警力好了，請他們支援搜山。」他向兩位刑警詢問意見。

「你覺得有必要就做吧。」某位刑警回答。

「你覺得人會躲在山上？」另一位刑警問道。

「很難講。」王碩彥沉思著，還是寄望派出所那邊能儘快逮捕到AAT—15●3的車主，問出更多線索。

採證人員及大批警力很快就到達，王碩彥雖惦記著藍色毒品的事，但此時也沒有理由再跟著大體走，只能目送它被救護車送走，送往殯儀館。

眾人搜查附近的民宅，這片山有一塊重劃區，有許多正在施工的建案，王碩彥原本想帶一夥人進去搜索，卻意外的被林口的警察給攔下。

「那邊沒人的，不用搜沒關係。」對方說道。

他說的話不無道理，重劃區內黑漆漆的，什麼也沒有，嫌犯老早就逃逸了，應該不會躲進裡面，但王碩彥還是起了些疑心，便問：「為什麼？搜一下比較放心吧。」

「唉，板橋來的老弟呀，這你就不懂了。」對方拍拍他的肩膀說道：「那塊地的建商和分局長關係特好，個性又很龜毛，不喜歡人家進去他的地盤，懂了嗎？」

他眨了眨眼，王碩彥竟瞬間理解了他的意思。

恐怕是建商有什麼違法的行為，例如偷排廢水、或偷倒廢土之類的，所以才不讓人接近吧。這在重劃區內十分常見，許多不肖分子常會利用建案來處理廢棄物，將有毒的東西埋在地底下，以節省處理的費用，這想當然耳是非法的，但假如已經打通了政商關節，那也沒人會知道。

林口的警察把話說得隱蔽，幾乎聽不出什麼蹊蹺，但王碩彥一點就通，林木森的為人他是知道的，怕是收了不少賄賂款吧？

最後，眾人仍稍微往建地裡繞了一下，確認裡裡外外都沒人後，才離去，轉而搜索其他地方。

王碩彥找了幾個林口基層的警員問問，才知道，這一帶他們是連巡邏都不來的，因為分局長不准他們靠近這個地方，基於什麼會打擾到施工、工地危險等等的理由。

「這年頭想A錢也不容易啊，還得想這些狗屁倒灶的理由。」王碩彥感慨的說道，等到身旁只有簡育韋時，便點起菸來，抽幾口。

「但真的有分局長敢收這種賄賂嗎？」簡育韋疑惑的問道，時代在變，現在的警察已經不像以前那樣，敢明目張膽的貪贓罔法了，現在的法律很嚴，很容易被抓去關，而且判刑很重。

「呵呵，這你就不懂了。」王碩彥笑道：「別人我是不知道，但像林木森這種人，從年輕的時候就手腳不乾淨，過年過節不收禮好像會死一樣，絕不可能停手，他一定會撈錢撈到退休為止啦。」

王碩彥就不說破了，像警察分局長這種大官，等同於一個地區的王，斂財手段很多，合法的不合法的都有。最簡單的，莫過於地方上的宮廟、士紳，他們常常會捐錢給警局，其中有多少是進了分局長的口袋，就很難講了。

兩人有一搭沒一搭的聊著林木森的壞話，往回頭路走去，這時，從板橋那邊傳來捷報，派出所方面已經傳喚到了AAT—15●3的車主，並根據他的口供追查到了實際駕駛車輛的人：他將車借給了一個叫「阿寶」的人，這位「阿寶」，很有可能就是今晚的歹徒之一。

板橋方面正在集結警力，準備到「阿寶」的戶籍地址去逮人，並也透過手機號碼，搜尋他的所在位置中。

王碩彥聽完，便打算立即回板橋，他這邊的任務基本上完成了，犯罪車輛ＡＡＴ－１５●３已經找到，只消後續採證完，拖到拖吊場扣押即可。

抓捕「阿寶」，以及事後的審問至關重大，除了要問清楚擄人勒贖的動機及幕後主使者，更重要的，王碩彥必須知道他們那個暴斃的同夥發生了什麼事，為什麼會從眼睛冒出安非他命來。

第七章

待王碩彥和簡育韋回板橋時，抓捕「阿寶」的隊伍已經出發了，天也差不多亮了。

兩人整夜沒睡，便上樓去休息一下。簡育韋不敢將手機設靜音，怕有事，王碩彥也沒設，他知道自己隨時會被所長叫起來。

然而他們還是錯過了什麼，下午一點多，當他們起床時，才發現陳敬朋帶出去抓「阿寶」的隊伍已經班師回朝了，但「阿寶」並沒有跟著回來。

陳敬朋並不是沒抓到人，實際上，他們根據線報，成功在新竹逮到了「阿寶」，同時也找到了另外兩個同夥及被綁架的被害人，幾乎等同於破案了，「阿寶」等人就是這起擄人勒贖案的主謀。

然而，中央的刑事警察局卻忽然介入，出現在逮捕的現場，將阿寶等一干人犯帶走。主事的是刑事局偵查大隊的隊長，位階等同於分局長，他稱這是來自上級的命令，這起案件直接改由刑事局偵辦，板橋分局失去管轄權，可以休息了。

「啊你就這樣讓他們把人帶走？」王碩彥聽完整個傻眼，在所長室裡，和陳敬朋大眼瞪小眼：「你是不會拒絕嗎？」

「我有辦法嗎？對方都把公文拿出來了。」陳敬朋回答，自己也恨得牙癢癢，明明人都抓到了，烤好的鴨子都到嘴邊了，卻這樣被人硬生生搶走：「我跟分局長報告，分局長也很生氣，就看他打算怎麼跟刑事局喬吧，分數至少得分我們一半。」

「我講的不是分數。」王碩彥氣得兩眼昏花，當眾人還以為刑事局只是來搶績效時，他已經看見了事情的不單純。刑事局不會這麼吃相難看的，只為了一件擄人勒贖這樣大動作搶人。這事絕對和那個暴斃的歹徒有關，陳敬朋並不知道，「阿寶」的同夥中有一個死掉了，兩眼還沾滿藍色毒品。王碩彥想想不對，趕緊拿起電話撥給分局，聯絡那兩位一起行動的刑警：

「喂，學長，你們送殯儀館的那個嫌犯怎麼樣了？」王碩彥問道。

「嫌犯？你說大體嗎？」對方回答。

「對，就是那個暴斃的，它是送板橋殯儀館？還是台北二殯？」

「板橋吧，怎麼了？」對方問道：「這案子不是已經歸刑事局了嗎？」

「所以你們完全沒管了？殯儀館那裡的後續也沒人去追蹤？」王碩彥納悶道。

「當然啊，案件都已經移出去了。」對方回答，想想又補充：「還是看分局長怎麼跟刑事局喬吧，分局長也不太高興。」

「我只想問一件事。」王碩彥屏住呼吸，有股非常不安的預感：「麻煩你幫我查查，報驗這具大體的檢察官是誰。」

「啊？現在？」

「對，麻煩你了。」

過了一會兒後，電話重新接通，傳來了令王碩彥震驚的消息，宛如心臟被澆了桶冷水：「新北檢，令股，王亮檢察官。」對方說道。

王碩彥瞬間耳鳴，再也聽不見聲音，他腦中出現了王亮那張狡猾的臉，感到一股深深的惡寒。又是王亮，這絕對不是巧合，有股惡勢力在暗中操控，它不僅能指揮新北地檢署，還能調動刑事警察局。現在，它打算如法炮製，讓王亮將那具帶有藍色毒品的屍體給處理掉，而且「阿寶」等人的擄人勒贖案，它想怎麼結案就怎麼結案。

王碩彥震驚著，坐在椅子上，直到電話被掛斷的嘟嘟聲傳來，才勉強回神。

「阿……阿韋。」他望向簡育韋，只思索一秒就下了決定：「去開巡邏車，我們到刑事局去。」

「咦？刑事局？」

「對，別問太多，趕快去開車。」王碩彥催促道。

陳敬朋已經回樓上的辦公室去了，王碩彥深知他們動作要快，必須搶在王亮及刑事局這夥人將案子「搓」掉以前，打聽到他要的情報。

至於該怎麼做，他心裡也沒個底，先見到「阿寶」再說吧，「阿寶」很有可能會被關起來，現在是能見他的最後機會。

刑事警察局位於台北市，王碩彥之前當刑警時，跟那邊頗有交際，有許多熟人。他和簡育韋駕車離開派出所，為了閃避督察人員的耳目，在外頭繞了一大圈，確定沒有人跟蹤後，才往台北市揚長駛去。

王碩彥和簡育韋一直都被戲稱為「403小組」，如今，他們真的要去找403小組所在的大本營了。攔截「阿寶」的那個偵查大隊，正是403小組所在的大隊。

兩人踏進刑事局，王碩彥熟門熟路的找到偵查大隊的辦公室，很快就和他稍早聯繫的友人碰面。對方有好幾個人，招待他們到茶桌聊天，簡育韋都不認識，只覺得他們渾身的氣質都很像王碩彥，霎時好像有一堆王碩彥在說話似的。

大家都有股江湖人士的味，聊得不亦樂乎，只有簡育韋格格不入。

「對了，我們板橋那件擄人勒贖，辦得怎麼樣了？」王碩彥話鋒一轉，忽然提到。

「不知道欸，另一個小組在辦的。」對方回答。

見眾人臉色都沒什麼變化，王碩彥便放心再問：「但你們是怎麼搞的呀？嘿，吃相也太難看了吧？連這種案子也要搶。」他半開玩笑的試探道：「我們所長很不爽哩。」

「好像是副座的指示吧。」對方回答，口中的副座指的是刑事局的副局長：「突然也是動員了很多人，我們也很不爽好嗎，這種案子輪不到我們出手的。」

「鹽哥你有參與這個案子喔？」另一人問道。

「有啊，你們就真的很不厚道，憑空冒出來搶人。」王碩彥回答。

接著，王碩彥藉口說要上廁所，就把簡育韋帶到走廊外。他已經弄清楚了事情的大概，要動手只能趁現在了：「我到拘留室去找那個阿寶，你留在這裡幫我把風，一有什麼風吹草動，馬上打給我。」

「咦？拘留室？」簡育韋不安的說：「你要怎麼進去？你要劫獄？」

「劫你個頭，我有些事情要問他而已。」王碩彥翻白眼：「我以原辦單位的身分去問他，應該不為過，但還是要瞞著上面這些人，因為他們攔截案件，就是為了要掩蓋某些事實。總之如果上面有什麼異動，要馬上通知我。」

「知道了。」簡育韋恭敬不如從命。

王碩彥又瞄了一眼辦公室，讓簡育韋趕緊去應付他們，然後就坐電梯下樓了。

辦公室裡，偵查大隊的刑警們還在泡茶聊天，簡育韋知道自己融不入他們，便默默坐在一旁。他的耳朵很靈，聽見他們正在討論阿寶那個暴斃的同夥，不是誰，正是那個眼睛沾滿毒品的傢伙。

毒品一般分成好幾種使用方式，有吃藥丸的、有吸食粉末的、有用燒的聞煙霧、也有溶在針劑裡，用注射的，其中最危險的，莫過於注射。

這種注射全名叫靜脈注射，用警察的行內話講，就是「走水路」。

我們一般聽到走水路，都會以為跟走私有關，實則不然，走水路就是靜脈注射的意思，將毒品直接打進血管裡，一秒鐘就能流遍全身。要是拿捏不好劑量，要暴斃也是很快。

幾位偵查大隊的刑警們推斷，那個暴斃的歹徒就是「走水路」把自己毒死的，但卻無論如何也解釋不了，為什麼他的眼睛會出現毒品粉末。而且根據當天協助運屍的刑警轉述，那個歹徒不只眼睛有毒品，幾乎是口、鼻、嘴，及整個體內，都是毒品。

他們進一步推斷，歹徒很有可能在用身體運毒，和王碩彥想過的一樣，但運毒運成這樣，整個七竅流「藍血」，實在說不過去。

一切，就只能看負責這起案件的人怎麼偵辦了。

眾人聊著聊著，外面走廊卻忽然傳來騷動，簡育韋引頸觀望，就見某個人跑進來，要大家趕快把桌上的東西收一收，並嚷道：「檢座要來了，快點整理一下。」

檢座，不外乎就是地檢署的檢察官，應該是要來檢視阿寶的案件吧？

簡育韋很有敏感度，馬上知道這很嚴重，連忙撥電話給王碩彥，要他撤退，畢竟檢座很有可能去拘留室看阿寶，和王碩彥撞上就慘了。

簡育韋忙著撥電話，這時檢察官已經率眾，雷厲風行的進來了，他身旁不僅有書記官、助理、法警，還有刑事局的副局長陪同。

「檢座好。」眾人喊道，並趕緊招呼。

「那件擄人勒贖，是誰在偵辦？」檢察官老氣橫秋的問道。

「316小組，檢座這邊請。」副局長立刻指向前方，帶著檢察官往更內部的辦公室走去。

簡育韋並不知道，從他眼前走過的這位檢察官，正是令王碩彥戰戰兢兢的王亮，他負責了整起擄人勒贖案，包括了那個暴斃歹徒的死亡案。

但即使是第一次見，簡育韋也很確定，自己討厭這傢伙。他一邊和王碩彥講著，一邊形容王亮的外貌，他不曉得王碩彥為何要問他檢察官長怎樣。

當簡育韋說出「很胖」、「很囂張」、「臉肥嘟嘟的」這幾個字眼後，王碩彥立刻跳起來，好像爆炸一樣，要簡育韋趕快離開那個辦公室，越快越好！

「咦？怎麼了？有這麼嚴重嗎？檢察官又不認識我。」簡育韋納悶道。

「別囉嗦，快下來，那個就是王亮，邪門得很，你和他對到眼，你八成會像小白兔被剝皮，屁股有幾根毛都被數出來。」王碩彥焦急的說道，讓簡育韋為之一震，趕緊下樓。

兩人在大廳會面，王碩彥也沒有要多停留的意思，繞過門口地檢署的車，灰溜溜的就逃之大吉。

一到車上，簡育韋便問他在拘留室有沒有什麼收穫，阿寶是個什麼樣的人，有認罪嗎？

王碩彥的臉色很難看，不說話，卻並非沒問出東西，而是，他所聽到的實在太匪夷所思了，一時之間也不知該從何說起。

阿寶是個三十出頭的男子，卻前科累累，混了許多幫派，同行的其他三人都是他的小弟，年紀都不超過二十五歲，他們都是替人做事的打手。

這起綁架案其實十分單純，就是花店老闆欠錢，於是債主委託黑道幫忙，打算將老闆押至山區，進行暴力討債，這事便落在阿寶等一干小混混手中。

然而之所以演變成地檢署介入、刑事局搶人，外行人或許看不懂，但王碩彥很清楚，全是因為那名歹徒暴斃的關係，他的暴斃帶有不能說出去的祕密，讓整個案件變了調。

「阿寶說，他們最近在跟一個藥廠配合。」

「蛤？藥廠？」簡育韋皺眉，不曉得會什麼冒出這個字眼。

「還記得我們看到的那個藍色毒品嗎？」王碩彥回答：「那確實是一種新興毒品，製作的方法很新興。」

據阿寶所說，有某間不知名的藥廠研發了一種抗癲癇藥，但因為失敗的關係，打算整批報廢，後來卻不知怎麼搞的，有一批被誤食，且產生了不可思議的結果。

「藥品經過人體代謝，最後在尿液中產生類似安非他命的成分。」王碩彥說道。

「咦？」

「聽起來很詭異對吧，但他們說就是這樣。」王碩彥接著補充：「而且產生的安非他命成分，還比一般的強，就是藍色那玩意兒。」

「所以，你的意思是說，藥廠就這樣利用人體來製毒？」簡育韋問道。

「這應該不是藥廠的本意，是被某個黑道高層知道後，發現裡頭有龐大的商機，就跟藥廠買來那些失敗的藥。」王碩彥解釋，並猜測道：「他們把所有的癲癇藥都買下了，但還需要大量的人體來轉化這些藥，於是就輪到最底層的小弟出馬了，他們讓小弟們吃這些藥，然後收集他們的尿，再去加工。」

「這藥難道不會有毒嗎？」簡育韋納悶的問道：「經由人體代謝，聽起來就很傷腎臟。」

「當然有毒，不然你覺得阿寶那個小弟怎麼死的？」王碩彥說道，描述起從阿寶那裡聽來的細節：「但利益實在太豐厚了，就算是小弟，只要配合吃一個禮拜的藥，收集一個禮拜的尿，就能拿到十幾萬的收入，醫生還跟他們保證，身體絕對撐得過去，不會留後遺症，所以很多人都參與了。」

「但現在就出事了不是嗎？」簡育韋不安的問道。

「對，現在就出事了。」

阿寶說起那晚的事情，語氣還十分徬徨。當時他們押著花店老闆，駛過林口山區，他那坐副駕駛座的小弟一路上都喊著不舒服，想吐，阿寶沒特別在意，只問他是不是想尿尿了？拿了瓶寶特瓶給他，就要他裝起來，那尿可是價值好幾萬元的毒品尿呢。

誰知小弟卻突然抽搐，口吐白沫，車子都還沒停下來，就雙腳一瞪，渾身不動了。眾人這下都慌了，債都還沒討到，怎麼同伴就先搞這齣？

阿寶當時還沒意識到他的小弟已經死了，便去搖晃他，誰知他小弟張嘴就是一陣毒品臭味，眼睛翻開來都是毒品粉末，脖子的血管也變成藍色的。眾人嚇得當場棄車逃逸，因為太驚慌了，拉著人質也不知道要去哪，最後就糊里糊塗的在新竹落了網。

阿寶之後才慢慢理解到，這事肯定跟那藥有關，他現在整個心神不寧，因為他自己也有配合吃那些藥。

「我們先前的推論錯了。」王碩彥對簡育韋說道：「我們在大漢溪發現的浮屍，跟人體運毒無關，那個死者也是吃這種藥幫忙製毒的人，所以身體才有那種藍色粉末，還好死不死被你的警察證沾到。」

那具浮屍有可能是幫派小弟，也有可能是流浪漢，黑道吸收了大量的這種人來製造毒品，反正他們死了也無人會關心。但他們沒想到，最後真的死了人，那癲癇藥的毒性遠超過他們的預期，除了浮屍和阿寶的小弟，在看不見的地方，或許有更多人因這毒品而暴斃。

「然後，大家一起都來掩蓋這件事？」簡育韋問道：「地檢署、刑事局？」

「當然要掩蓋，這事情要是曝光，做出來的毒品就都不用賣了，而且涉案的藥廠、黑道老大也都很麻煩。」王碩彥回答，越說越嚴肅：「照他們這製毒的規模，要請檢察官或刑事局高官出來喬並不困難，但要請得動這些人，估計背後的利益都得有上億元。」

「那你現在打算怎麼做？」

問到這裡，王碩彥忽然停車，陷入沉思。

他知道王亮會怎麼處理這件事，已經可以預見他們發布的新聞稿上，只寫著偵破擄人勒贖案，嫌犯一人吸毒過多暴斃，接著就匆匆火化屍體，消滅相關證據。

而且他一定會逼阿寶閉嘴，將藥廠及藍色毒品的事全部隱瞞。

「他一定會用緩起訴之類的方法，來換他的封口。」王碩彥說道，檢察官的伎倆他看多了：「若是阿寶不從，他就聲請羈押，把他關起來，威脅從重起訴。所以我就跟阿寶講，那天發生的事，你只有現在能對我講了，一旦在檢察官那裡做筆錄畫押後，你就再也沒機會對司法人員講了，講了也沒人會信了，他想想很激動，才決定對我全盤托出。」

「所以，你現在打算怎麼做？」簡育韋再次問道。

「回家。」王碩彥微笑道。

「咦？就這樣回家？」

「我們的力量太小，目前是不可能扳倒他們的。」王碩彥回答：「但相信我，他們會自爆的。」

「自爆？」

「現在的時代已經不比以往了，資訊流通很快，他能封住阿寶的嘴，但封不住所有人的嘴，參與製毒的人那麼多，早晚會有人洩漏出去。」王碩彥意味深長的說道：「再說，他們還有一個豬隊友在呢。」

「豬隊友？是誰？」

「黑道收集毒尿，統一製毒的地點，就在林口。」王碩彥笑道：「林口是林木森的地盤，你覺得他有可能置身事外嗎？他一定會分一杯羹的。」

「你是指，他在包庇他們的製毒工廠喔？」簡育韋嘖嘖問道。

「正是，否則製毒那個味道那麼臭，怎麼可能隱藏？」王碩彥說道：「所以我們只要針對林木森就夠了，林木森和王亮不一樣，既貪婪又膽小，我跟過他一段時間，只要一點風吹草動就能嚇掉他半條命。一旦他落馬，要咬出其他人就不是什麼困難的事了。」

「你要怎麼針對他？」簡育韋好奇的問道。

「我們就去攻堅那個製毒工廠，直接破獲。」王碩彥的腦海已經明確的浮現出一個計畫：「反正根據阿寶講的位置，我大概猜得到那個製毒工廠在哪個地方，只要我們攻破它，林木森就得面臨調查，為何轄區內窩藏重大犯罪？說不定我們還能在現場找到什麼帳冊，記載著官員收賄的證據。」

「事情會這麼順利嗎？你要去哪裡找人手？」簡育韋不太樂觀，一般要辦這種大案子，都需要刑事局、或警察總局出面，但現在刑事局已不可信任，天知道還有誰能幫忙。

「就靠我們自己板橋分局。」王碩彥拍拍他的肩膀笑道：「你以為我們板橋分局是吃素的嗎？刑事局辦得到的事情，我們板橋也辦得到。」

「但你不怕有內奸嗎？」簡育韋聽多了警界的陰謀論，總覺得大家都不單純：「要是分局裡有人通風報信怎麼辦？我們都還沒出動，製毒工廠就先搬走了。」

「這就講到重點了，你忘記這個月是什麼月嗎？」王碩彥賣關子。

「什麼月？」簡育韋腦筋動得很快：「毒品月？」

「答對了，因為這個月正值毒品月，我們要什麼資源都有，而且可以申請機密性專案。」

因為毒品月的關係，各單位都被賦予了龐大的績效壓力，而且有權能成立機密性的緝毒專案。所謂的機密性專案，抓的都是最大尾的毒販，安非他命、海洛因都是秤公斤在抓的，為了保證專案的成功，在破案之前都不會將線索外流，連長官都不可過問。

王碩彥就打算利用這一點，找自己在分局內信得過的幾個好兄弟，成立專案，並申請搜索票，攻堅那個製毒工廠。

「有專案的保護，應該能確保計畫不會外洩，到時一舉攻破，殺個對方措手不及，或許就能找到官員收賄的證據。」王碩彥胸有成竹的說道。

王碩彥之所以這麼信心十足，除了有專案加持外，也跟分局長有關。他們的板橋分局長與林木森的關係不好，也與胡棟樑是不同派系，所以日子過得並不順遂。

警察的升遷規則很簡單，只要有非自己陣營的人出事，就是好事。上面只要掉一位高官下來，就能補一位高官上去，每個人成天盼呀盼的，不是在等人退休，就是在等人猝死，否則，上面的官一直不挪開位置，自己要怎麼升上去？

這林木森是胡棟樑的親信，把這批人整倒了，大夥兒的職位就有望洗牌一次，所以分局長一定會支持他們去打林木森的，打這個可比弄什麼毒品績效要快多了，能直接打出一排官缺來。

事情就這樣底定了，王碩彥在心裡打好了算盤，他肯定會在毒品月結束前，來一次絕地大反攻。

第八章

王碩彥簽出不確實的事情，懲處很快就下來了，是兩支小過。對他來說雖然不痛不養，但督勤的力道卻一點兒也沒有放鬆，督察人員依然照三餐來檢視他的生活，讓上班變得苦不堪言。

所幸，緝毒專案很快就被批准成立，王碩彥和簡育韋被暫時調往分局，專心處理這次的林口緝毒計畫。陳敬朋不曉得這事依然沒兜開王亮，還拍拍王碩彥的肩膀，向他打氣說：「好好幹啊，你們兩個，這次毒品月就靠你們403小組了。」

專案給的時間並不充裕，只有五天，但這正如王碩彥的意，他們可沒有閒工夫拖延，能越快搞定這個製毒工廠越好。

「搜索票請過了，我們明天就攻堅。」王碩彥這席話，宣告進入最終階段。

在分局的會議室裡，大夥兒就製毒工廠的位置及出入口分配警力，他們還請來保安大隊的霹靂小組支援，共分為攻堅組、蒐證組、機動組，動員警力高達五十人。

王碩彥和簡育韋都被安排在蒐證組內，當天只需要拿攝影機錄影，並注意證據的保全就好。至於指揮官誰擔綱，名義上是他們板橋分局長，但實際上會由偵查隊的刑警隊長代勞。

「今晚好好休息。」王碩彥對簡育韋說道：「明天可有得忙。」

「好哦。」

這夜，王碩彥沒有回家，而是睡在分局宿舍。他已經很久沒有這樣掛心一件事了，他之所以會放這麼多心力在這件事上，或許是對當年驗尿事件的反擊。他捉住了這些長官的把柄，不好好利用實在說不過去。

是日，下午兩點整，警力準時在林口山區布署完畢。他們的目標是一個鐵皮屋，前面挨著一間回收場，根據資料，鐵皮屋是某公司用來堆放貨物的，但顯然事實並非這樣。

「他們很聰明，剛好利用回收場的垃圾來掩蓋製毒的臭味。」王碩彥摀著鼻子對簡育韋說道。

「門口那幾台車，都是毒販的車嗎？」簡育韋問道，並拿著攝影機通通照一遍。

鐵皮屋的門口停著數台轎車，早在前幾日，他們就已經查詢了車藉資料，並鎖定車主及嫌疑人，方便攻堅時立刻認人。

刑警隊長在遠處用無線電通報，攻堅開始。霹靂小組率先行動，荷槍實彈的來到門口，並配合幾支分隊，將所有出入口圍得嚴嚴實實。

接著，就在吆喝一聲後，大批警隊衝入鐵皮屋中。

「開門，不准動！」

「不准動！」

王碩彥和簡育韋在外面看得戰戰兢兢，一般來說，攻堅只要沒有動靜就是好事情，一旦傳出槍響，那可就麻煩了。

隔了幾分鐘後，從無線電傳來通報，要蒐證組也進去。既然輪到了蒐證組，就代表裡面已被控制，沒有危險，王碩彥不禁鬆了口氣。

「快快快，跟上，還有鑑識小組。」刑警隊長急性子的喊道，穿了件防彈背心就跟著進入屋內。

偌大的鐵皮屋裡堆滿機器零件，王碩彥跟著隊伍走到深處，才發現裡頭大有玄機。只見一小桶一小桶的液體堆在地上，臭不可聞，圍著一個大鐵桌子，中央有煉製毒品的儀器，包括什麼燒瓶、鍋爐、還有一長串抽氣的管子，一直通到天花板去。

但最令人注目的，莫過於蹲在地板上，那一字排開的人們。他們都是製毒者，年紀最小還有十七、十八歲的，加加總總也有三十幾人。

「老實一點，不要亂動。」霹靂小組喝斥著他們，並逐一清點人數。

到這裡，攻堅基本上成功了，王碩彥所在的蒐證組也馬不停蹄的在為桌上的器材拍照，並清點毒品的數量、品貌。

但除了王碩彥外，眾人還不知道，這工廠的製毒細節是什麼，他們並不會知道，那些桶子裡裝著的藍色液體，都是黑道從小弟那裡收集來的尿，準備加工為毒品。

直到對這些人偵訊、錄口供之後，整個內幕才會真相大白吧，想到這裡，王碩彥又增添了些許信心，在場都是他的兄弟，是板橋分局的老同事，這次再怎麼樣也不會翻車吧？

「找帳冊。」這時，簡育韋小聲的提醒了他。

王碩彥忽如當頭棒喝，對，現在的當務之急，應該是找到工廠內有無官員收賄的證據，毒品什麼的，都不會長腳，也跑不掉，晚點再來拍照也不遲。

王碩彥趕緊跟著簡育韋，到工廠的更裡頭去，希望能找到保險箱、或什麼裝有文書的抽屜。但就在這時，從工廠外卻傳來更大的動靜。

「怎麼回事？」王碩彥皺眉，退回剛才的製毒區，有不好的預感。

「地檢署的人來了。」某人說道。

「地檢署！」王碩彥的心臟瞬間停住，今天這事，跟地檢署有什麼關係？

刑警隊長也一臉不明白，幾秒後，從前廊大陣仗的走進了一夥人，不是誰，正是王碩彥朝思暮想，卻不想再見到的一個人——王亮。

王亮踩著皮鞋，帶著地檢署的人走進來，笑容滿面，劈頭就找到了刑警隊長：「做得不錯嘛，一舉破獲重大刑案。」

刑警隊長畢竟不是省油的燈，一眼就看出王亮的意圖，便不悅的說道：「什麼風把檢座吹來這裡呀？我們這邊已經大功告成了，還請檢座聯繫地檢署那邊，我們辦完會立刻送案過去。」

他的意思很清楚，地檢署若想再搶案件，門都沒有。

王碩彥瞪著王亮，也捏了把冷汗，為什麼他會來這裡啊？到底是誰走漏了消息？現在王亮只要將案件收歸地檢署管轄，並且把所有證據、人犯都帶走，他們就完了。

「別誤會，我們到這裡是來調查風紀案件的。」這時，王亮身邊的書記官說道。

「風紀案件？」眾人均不解。

「我們接獲檢舉，當地的員警涉嫌包庇這間製毒工廠。」書記官拿出文件說道：「你們的毒品你們辦，我們不干涉，但我們必須調查轄區員警收賄的證據，所以你們忙你們的，我們同步搜索。」

說罷，王亮一點頭，所有的法警立刻動起來，到屋子的四處去翻箱倒櫃。

眾人不明所以，也就配合辦事。地檢署的意思很清楚，現場的毒品和人犯他們不會動也不會干涉，他們要調查的是，是否有人在包庇這間製毒工廠，因此板橋分局也沒有拒絕的必要。

但王碩彥的心都涼了，只有他和簡育韋知道，製毒工廠只是個幌子，他和簡育韋要抓的是林木森的把柄。但王亮老奸巨猾，竟然搞了這麼一招，中途殺出來攔截。

看著法警走向後方的廠區，準備搬走可能藏有神祕帳冊的抽屜和保險櫃，王碩彥急得衝過去——

「欸，你想做什麼？」不料王亮卻忽然擋在他面前，勾著嘴角盯著他看：「王碩彥警官？」

「裡面的東西，我們板橋也有資格扣留。」王碩彥強硬的回答，不避諱的瞪著他：「是毒品案的證據。」

「那就請你們分局往後再來調閱。」王亮笑著說道，並拿高他手中的司法文件：「我們受理的風紀案件有優先權，和毒品無直接關聯的證物，得歸我們。」

「是我們先到的。」王碩彥咬著牙說道。

「呵呵呵，連先到先贏這種歪理都扯出來了，你還算是警察嗎？」王亮不客氣的說道，然後命令下屬：「把後面的東西全部上封條，扣走！」

「遵命。」

王碩彥的心徹底涼了，他明白，歷史正在重演，只要證據落入王亮手中，真相就再也無法釐清了，而這可能是他們最後的機會了。

一股怒氣上來，王碩彥推開王亮就往法警們衝過去，他搶走他們手上的抽屜、櫃子，稍加用力，嘩的一聲就讓紙張散個滿地。

眾人都愣住了，不曉得王碩彥是在發什麼神經。而王碩彥則蹲在地上，企圖從那些雜亂的紙張中，找到他要的東西。

「學長，你在找什麼啊？」被推開的法警疑惑的問道，想去幫忙。

「還問他做什麼？馬上把東西撿起來！」王亮怒道。

不料王碩彥又推倒了更多抽屜，氣氛一下子降到冰點，眾人趕緊過來勸阻，連刑警隊長都跑過來關心，身為執法人員，無論如何也不能這樣肆意行事的。

「鹽哥，你在幹嘛啊？」王碩彥的同事也都來拉扯。

「鹽哥，冷靜一點！」

王碩彥已經將大半的抽屜都打翻了，紙張掉在地上，散落一地，甚至踩得腳印到處都是。王亮大發雷霆，揚言要辦王碩彥妨害公務，王碩彥這才被眾人給拖住，拉到外面去。

簡育韋也抓著王碩彥的胳膊，悄聲說：「學長你幹嘛啊？發神經喔？破壞證物，你會被告的！」

王碩彥氣急敗壞，瞪了他一眼，難道他不明白大勢已去嗎？

王亮見地上的文件被踩踏蹂躪，很不高興，但礙於現在的王碩彥就像頭瘋狗一樣，他也不想再衍生事端，只是啐唸幾句，就讓手下趕緊將證據都封存扣押。

不出多久，地檢署就帶著滿滿的證物離開了。

「鹽哥，你激動什麼呢？」某人不解的問道：「毒品我們拿到了，計畫算大成功啦？」

「就是嘛，前面的嫌犯都人贓俱獲了，不差什麼證據了，這案子少說也有三百分可拿。」另一人也說道。

王碩彥懶得費言，他們不會明白他有多沮喪，他終於意識到，他是不可能贏得了王亮的，王亮位高權重，勢力盤根錯節，這次的專案勤務這麼隱密，竟然也能洩漏到他那裡去。

是誰洩漏、誰是內鬼，也不重要了，反正王碩彥明白，這次行動失敗後，他和簡育韋麻煩大了，王亮一定會不擇手段的報復他們，而且真相也無法釐清了。

「走吧，收隊。」刑警隊長喊道：「人犯都帶上車，分批送到分局偵訊。」

「收到。」

緝毒很快就結束，看似雷聲大雨點小，收穫卻是無庸置疑的。光靠這一案，整個分局就能安然度過這次毒品月了，什麼一三〇％、一五〇％，全都有了。

回程時，王碩彥語重心長的向簡育韋說道：「我們慘了，王亮不曉得會怎麼對付我們。」

「所以……我們算是徹底被打敗了嗎？」簡育韋問道。

「嗯。」王碩彥沉悶的說道：「徹底被打敗了。」

之後，整整忙了三十幾個小時，眾人才將毒品案件偵辦完畢，移送地檢署。因為重要的證物都被王亮拿走了，板橋分局這邊，根本問不出毒品的來源其實是癲癇藥產生的毒尿，只能以一樁單純的製毒案件移送。

移送出去，百分之百就是移到王亮手上，請鬼拿藥單，什麼毒尿的事，都不用查了，要想追溯毒品上游也不可能了，門都沒有。

全盤皆輸了，王碩彥只這麼想著，他們完全失敗了。

※　※　※

這陣子的忙碌告了一段落，王亮那邊都沒什麼動靜，讓王碩彥很是不安，他怕這是暴風雨前的寧靜。

但簡育韋卻沒想那麼多。

這週末，簡育韋一下班就衝回家，趕著約會。他和小莉已經很久沒吃上一頓飯了，好不容易步調緩下來，兩人終於有時間碰面。

七點整，簡育韋到達了法式鐵板燒餐廳，他隔著透明玻璃整理頭髮，卻發現玻璃後有人在對他招手，不是誰，正是小莉，真是又巧又糗。

「還好有訂位。」走進餐廳後，座位上的小莉說道：「今天人超多的，都客滿了。」

「嗯啊，因為是週末嘛。」簡育韋回答，忍不住開心笑道：「終於又見面了，好想妳。」

「我也是。」小莉微笑，然後攤開菜單：「看看吧，要吃什麼？」

看到小莉的笑容，簡育韋就放心了。他這個月一直在忙，瘋狂加班，跟小莉的感情都快破裂了。

點了餐後，他還是決定解釋一下最近在忙什麼，劈頭就雙手合十道歉：「對不起，我前天不是故意不回妳訊息，這個月發生好多事，我們轄區有人被綁架，後來還去林口抓製毒工廠，我好幾天都睡不到三小時……」

「我知道啊，那件事有上新聞耶。」小莉興趣盎然的說：「我有看到。」

林口的案件已經偵查出爐了，板橋分局破獲了林口的大型製毒工廠，一共逮捕三十三人，查獲安非他命成品八百餘公斤、液態安毒原料兩公噸，市值超過二十億元，是近年來破獲最大宗的毒品案。

另外新北地檢署也發布新聞稿，查出此案林口分局共有多名人員涉嫌包庇，包含管區警員、所長及分局長，收賄金額從幾萬到幾十萬不等。

「這事情超大條的，署長震怒，要求徹查。」簡育韋邊吃邊說道，他可不只是幸災樂禍，他高興極了：「我學長王碩彥說，林木森這回自身難保了。」

包庇製毒工廠，林木森身為林口的分局長，要想推得一乾二淨恐怕很難，司法單位及警政署都高度的重視這件事。

王碩彥說，王亮這是在斷尾求生，砍了一個林木森止血，防止證據繼續往上查，反正現在相關證物都在他手上，他們想怎麼弄就怎麼弄。

「你們講的收賄，到底是怎麼運作的啊？」小莉好奇的問道。

「什麼怎麼運作？」簡育韋反問。

「你們每次講的『包庇』、『收賄』，這些都很籠統啊，我想知道具體是怎麼運作的。」

「呃，這個嘛……」簡育韋想了一下，用一般人能聽得懂的方式解釋：「哦，就像開賭場啊、開色情按摩院啊、或者是工廠要偷排廢水呀、黑道收保護費呀、再大一點像製毒、賣毒、開夜店毒趴啊，這些都是違法的，被抓到都是要關的，但有人想賺這個錢，怎麼辦？他們就會送錢給警察。」

「然後，警察就會同意他們犯罪了嗎？」小莉問道。

「也不是同意，就是睜一隻眼閉一隻眼。」簡育韋回答：「假如有人檢舉，說那個地方有經營色情，警察也會唬弄過去，說『查無實情』。甚至每次要臨檢，也可能事先透露給店家，讓按摩院提早做準備，不被查到犯罪。」

「原來如此啊。」小莉點點頭。

「但這種事一次都會牽動很多單位，例如什麼行政組啊、督察組、派出所，大家都會知道，所以你要賄賂，就要全部的人都賄賂。」簡育韋說道：「分局長一定是拿最多的，再來就是下面的所長，然後才輪到最小的管區警察。」

「管區能拒絕包庇嗎？」小莉疑惑的問道。

「呃，我是沒遇過啦，但你不配合，他們就會整你，把你調走，再找另一個好說話的過來當管區。」

「是這樣喔？」小莉皺眉。

「嗯，然後一旦出事，最倒楣的就是管區啦。」簡育韋說起最無奈的點：「因為你就是負責這一區的，所以一旦出了事，業者打死都說錢是拿給你的，上面的長官，除非被抓到明確的金流證據，否則很難辦倒他們。」

「他們都很聰明吧？不會自己去碰這些贓款，一定是用各種迂迴的方式拿到現金。」小莉若有所思：「避免留下證據。」

「唉，小小警員最難當了，出事了跑都跑不掉。」簡育韋繼續說道：「因為管區跟當地的業者有直接關聯，最常在那裡走動，他們犯罪，你卻都沒有去查戶口、查店，交辦下來的檢舉案，你也說『查無實情』，這本身就有瀆職的問題。」簡育韋說道：「長官們，你很難證明他們和業者有關係。」

「原來如此。」小莉點點頭，她身在銀行業，對這些跟錢有關的事情十分清楚：「不過現在有洗錢防治法呀，還有很多追查金流的法規，真的抓不到嗎？」

「抓不到吧，他們那麼精明。」

「可是，你知道嗎，最近幾年，就算是現金鈔票這種不留證據的東西，只要啟動金融聯防，還是有辦法追蹤動向的。」小莉說道，忽然覺得自己能幫到簡育韋。

「蛤？」簡育韋愣住，有點聽不懂：「真的嗎？」

「真的呀，最傳統的方法，不就是記錄鈔票的編號，然後在人贓俱獲的時候進行比對嗎？」小莉說道：「假如號碼一樣，就證明賄賂的錢是你拿走的。」

「但這招不管用了吧？現在人都學乖了，他把現金藏起來，過幾年再慢慢花，他堅持繞開銀行，也不存提款機，妳也根本搜不到。」簡育韋回答。

「嗯，所以我才說那是最傳統的方法……」小莉又陷入沉思：「但你知道嗎，我們銀行最近有一項計畫。」

「計畫？」

「我們今年要完成一項洗錢防制的實驗，配合法務部和中央印鈔廠，製作一批含有GPS衛星定位器的鈔票，用來實現追查現金金流的可能性。」

「咦？現在還可以做到這樣了？」簡育韋很驚訝：「在鈔票裡面裝定位器？」

「噓，小聲一點，這件事是機密，只有負責這案子的人才知道。」小莉趕緊說道，並言歸正傳：「我剛好被分配在裡面，或許我可以說服我主管，讓我們銀行和你們板橋分局配合，直接就來真的，進行一場真的實驗，去追查那些長官的金流。」

簡育韋聽得腦袋乍空，他明白小莉不是亂說，霎時大喜，說不定他們真能查清楚製毒工廠那些贓款的流向，他已經迫不及待要和王碩彥說了。

「等等，你別那麼興奮。」小莉嚴肅的說道：「我只是要跟主管提出，沒說一定可以，而且我還不清楚你們是不是值得信任，要確定專案可以全程保密，才有可能和你們合作。」

「這……我馬上打給我學長，讓他跟妳說！」簡育韋興沖沖的拿出手機。

「先別，我都還沒請示我的主管呢！」小莉趕緊讓他緩緩：「你把你那位王學長的電話號碼給我，我有消息直接請我們主管聯絡他。」

小莉可沒把握事情能談成，要是鬧烏龍就糗了。她又和簡育韋聊了一會兒，才將他的注意力從這件事上繞開。

「對了，我要送妳一個禮物。」

主餐吃完，上點心時，簡育韋賣關子的說道，並從包包裡拿出了一個小盒子。

「這是什麼？」小莉問道。

「鏘鏘。」簡育韋笑著打開盒子，一對色澤明亮的珍珠耳環躺在裡面：「妳一直很想要的，珍珠耳環！」

「欸欸欸？」小莉十分意外，表情既驚喜又複雜：「你怎麼買了？」

「因為妳很喜歡呀，真的跟妳的膚色很配耶。」簡育韋將耳環捏出來，放到小莉掌中。

「多少錢呀，是在我們上次看的那家店買的嗎？」小莉問道，目光盯著耳環。

「對呀，就那個價格呀。」簡育韋坦白回答。

「哎呀，你怎麼沒有殺價一下？要是我買，肯定可以再便宜個五百的。」小莉覺得有些可惜。

「沒關係啦，我覺得它就值這個錢。」簡育韋笑著說：「戴了肯定很好看。」

小莉莞爾一笑，立刻就將耳環戴上。那對珍珠別在她的耳垂上，不至於光彩奪目，卻有種溫和的美感，好似天生就該在那裡似的。

「好看！」簡育韋笑道，一時之間想不出其他形容詞：「妳的眼光果然沒錯，這對耳環跟妳根本是絕配！」

「你喔。」小莉笑著，朝他靠過去，捏了他的鼻子一下：「連稱讚人都這麼簡潔有力。」

「哈哈哈，就真的很好看啊。」

簡育韋開心極了，耳環果然讓他跟小莉的感情回溫了，這是近期最棒的一次約會了，希望以後也能常常這樣，甜甜蜜蜜、長長久久。

第九章

幾天後，小莉那關於洗錢防制的實驗還沒有消息，但案情卻已經有了翻天覆地的變化。

這天中午，離上班還有兩個小時，簡育韋還在宿舍鬼混，就見王碩彥趕到了他的寢室。

「怎麼了？」簡育韋訝異的問道，見王碩彥頭髮亂糟糟的，眼神卻流露一絲興奮。

「林木森落馬了。」王碩彥劈頭就說道，並立刻打開手機，讓簡育韋看相關的新聞：「而且是最慘的那種。」

檢調單位的第二輪偵查報告出爐，林口分局包含分局長在內，共有七名高階警官遭傳喚，林木森被控收賄，和製毒集團勾結，嫌疑重大，遭收押禁見，其餘人員也以十萬到二十萬元不等交保。

而林木森之所以會被踢下馬，說起來可就耐人尋味了。

「夜路走多，終究會遇到鬼。」王碩彥津津樂道的說著：「上禮拜那幾個被約談的管區警員，他們供出了一份錄音檔，正是拿錢給林木森的錄音檔，裡面清楚交代了金額，還有林木森要他們包庇的具體作為。」

「怎麼會有這樣的錄音檔？」簡育韋驚訝的問道。

「你以為基層都那麼笨嗎？被長官出賣不是一次兩次了，大家早就學會自保了，他們每次和林木森提交賄款，都偷偷地錄音，林木森要倒大楣了。」王碩彥用勝利的語氣說道，這次基層終於為自己出了口氣：「我也沒想到他們會來這招，誰都想不到，反正有了這個鐵證，林木森要脫罪很難。」

「王亮不幫林木森嗎？那林木森不會咬他出來嗎？」簡育韋好奇的問道。

「王亮自己也出事了，他麻煩很大，你沒看他之後都沒找我們的碴嗎？」王碩彥說道。

「咦？出了什麼事？」

「王亮也要被搬出來當砲灰了，你以為他是幕後主使者嗎？錯，他上面還有更黑的人。」王碩彥解釋道：「他畢竟只是一個檢察官，在法庭裡，他還有檢察長、主任檢察官這些上級呢，他敢把兩具屍體火化，草草結案，背後絕對還有人。」

「所以他背後的人要推他出來送死了？」簡育韋問道。

「應該是，我聽說他一直巴著那天從我們手上搶走的證物不放，又遲遲不啟動調查，肯定是在找活路。」王碩彥推斷道：「他只要將案件移交給其他檢察官，他就會被搬出來祭旗了。」

「他那麼囂張，肯定連長官都很討厭他。」簡育韋回想起王亮的模樣。

「反正，我們的機會來了，林木森被收押，王亮又自顧不暇，我們今天就要他們給個交代！」王碩彥說道，兩眼矍爍，忽然就要簡育韋趕快換好衣服：「馬上弄一弄，我們出門，去找分局長報告。」

「報告什麼？」

「林木森和王亮，這些人你平時動不了他們，想幹掉他們也只有趁現在了。」王碩彥說道：「我們的分局長也是大官呀，掌管人口五十萬的板橋，還是晉升局長的名單人選，哪是林木森那種小咖可以比？」

「那你要報告什麼？」簡育韋還是聽不懂。

「製毒工廠案，這件還是歸我們板橋管轄的，現在我們就拿著分局長的令牌，到地檢署去要資料，讓他們把當天扣走的證據都交出來。」王碩彥說道。

「之前不是要過了嗎？他把毒尿、以及藥廠那些東西都藏起來了呀？」簡育韋也不馬虎，就這幾天的事情而已，他們不止一次到地檢署去找王亮，想調閱那些重要資料，卻都失敗。

「這次我另有計畫。」王碩彥信心十足的說道，今日的形勢已經不比以往了：「分局長早就看林木森和胡棟樑那夥勢力很不爽了，林木森被搞掉，現在胡棟樑也很危險，只要胡棟樑垮台，分局長就有機會上台。」

「這次這麼嚴重，還會牽拖到胡局長？」

「他和林木森關係密切，你也不是不知道，兩人還經常自稱學長學弟呢。」王碩彥回答，嘴角一笑：「林木森被羈押，胡棟樑不會太好過的，他的把柄，平時人家不會去動，但一旦失勢，想找麻煩的人都上門了。」

兩人也不再多費言，拿著必要的資料就往板橋分局跑去，分局長一直都很力挺他們，但這次，是真的需要他出馬了。

下午兩點半，新北地方法院地檢署，一如往常的忙碌。

王亮辦公室所在的三樓，忽然間出現了大批人馬，分別有當初偵辦製毒工廠的板橋分局、法務部調查局、地檢署的政風室，各路人馬都到齊了。

王亮正在辦公室忙，對著助理大呼小叫，這時助理注意到了外頭的動靜，一看見走廊外站的都不是尋常之客，而是主掌風紀品操的人員，立馬臉都綠了。

「檢、檢座！」

「檢座！」他對著裡頭叫道。

「檢什麼座，叫你發的傳票用印了沒？」王亮不滿的嚷道。

「檢座！」

這時，王亮才注意到外頭的狀況，立刻就站在辦公桌前，不說話了。

「王檢座，午安吶。」王碩彥率先走進去，微笑的說道。

「這麼多人，有什麼事啊？」王亮臨危不亂，也以微笑回敬。

「我們針對上次調閱的卷宗，有些問題想問。」王碩彥回答，兩隻眼睛盯著王亮看：「你們上次給我們的扣押物，是完整的嗎？」

「你什麼意思？」王亮反問。

「證物明顯缺東少西，今天是來討真相的，當初將扣押物封箱的法警長在這裡。」王碩彥挪了個位置，讓一個法警走到前方：「封條是他親自上的，證物已經被調閱過三次，他表示，在你們第一次開證物時，封條就已經有破損了。」

「那可能是作業上的疏失，不代表有人動過證物。」王亮勾著嘴角回答，看著那位法警，內心卻已經亂了陣腳。

連法警都反水，可想他就要被出賣了。果不其然，他在走廊最末端看到了主任檢察官，也就是他的直屬上司，這陣子一直逼他將案件交出來的人。

「不管是不是疏失，那些證物都已經被動過手腳了，不可信任。我們一直調不到我們要的資料，你說這還怎麼辦案？」王碩彥說道，轉頭對著各級政風單位宣告：「我認為王檢座已經不再適合承辦這個案件，而且必須交代丟失的證物跑去哪裡了。」

「王警官，你客氣一點，什麼丟失證物。」王亮斥責道：「地檢署容不下你在這大放厥詞。」

「是不是大放厥詞，大家自會判斷。」王碩彥拿出了一疊文件：「這些是林口製毒工廠案，本分局對三十三名人犯所做的第一次口供，在隔離詢問的狀況下，幾乎每個人都提到了他們製毒的原料是尿液，而且有藥廠介入，提供專業的學術協助。」王碩彥拿著筆錄說道：「但這些內容，一到地檢署就自動被忽視了，為什麼不徹查上下游？為什麼案子只停留在一半就偵結了？」

「王警官，講話不要只憑臆測，誰說不徹查？我們沒日沒夜，就是在忙這個案件。」王亮冷冷的回答道。

「那你倒是告訴我，證物中那些有關毒尿的部分跑去哪裡了？」

「毒尿？」

「本分局之前調閱的證物，裡面有關毒品原料的細節，全都不見了。這裡的原料指的就是毒尿，三十三人的筆錄裡寫得清清楚楚。」王碩彥說道。

「不見是你在說的，我們當初扣來的證物，就是那樣而已。」王亮反駁。

「法警長剛剛已經講了，封條有被動過的痕跡。」

「那又如何？你去找證物庫的人吧，看他們是怎麼保管的。」

「要這樣是吧？」王碩彥笑了一下：「阿韋，請證物庫的人將那幾箱證物都搬過來。」

「好。」

王亮皺眉，有股不好的預感，不曉得王碩彥要做什麼。

一轉眼，幾大箱幾大箱的證物已經擺在桌上，王碩彥當即向證物庫申請調閱證物，並當場就撕掉封條，開啟箱子。

眾人不明白他要做什麼，連簡育韋也不知道，直到他從某個紙箱拿出一疊紙，擺在桌上，好戲才要上演。

「這紙有什麼特別的嗎？」簡育韋悄聲問道。

王碩彥沒有回答他，而是拿著紙張，轉身對大家說：「不曉得各位還記得嗎，那天在林口，這些和製毒有關的流程圖、數字報表散落一地，被我踩得都是鞋印。」

當時王碩彥好像發瘋一樣，將紙張丟得到處都是，弄髒了不少。

王碩彥端詳箱子內的文件，接著說：「但現在，箱子內有我腳印的紙，明顯少了一堆，我要請我同事現在過來幫我，把所有的文件，一張一張分開來排好。」

眾人開始動作，大部分人都還不清楚王碩彥的目的，但王亮已面色鐵青，表情逐漸難看。

這些紙沒有頁碼、沒有連號，從中抽走一兩張，誰都不會發現。但當天，王碩彥在紙上面又踩又踏，留下不少橫跨多張紙的腳印，此刻只要一張一張對起來，就能知道有沒有少紙了；只要有一枚腳印銜接不起來，就代表其中有紙被抽走了。

不出半個小時，被王碩彥踩過的那幾箱紙，文件已經被攤開來排列完成。不必王碩彥多費言，眾人已經看出，腳印東缺一塊西缺一塊，有不少文件消失，兜不起來。

「我想請問證物庫，這些證物在入庫後有沒有被動過？」王碩彥對著地檢署的人員問道。

「當然沒有。」對方回答：「庫內都有監視器的，這些重要證物一旦上封條，就沒人敢動。」

「什麼時候上封條的？」王碩彥再問。

法警長這時回答：「從林口扣押的時候就上封條了。」

「之後呢，證物被調閱過幾次？」王碩彥再問。

「三次。」證物庫人員對照本子說道：「一次是你們板橋調閱，兩次是令股，也就是王檢調閱的，再包含今天這次的話，應該是四次。」

王碩彥接著看向法警長：「法警長，你剛剛說封條曾有破損的痕跡，是怎麼回事？」

法警長低著頭，面對著王亮凶殘的目光，怯懦的說：「其實，這些證物在扣押後，並沒有立刻入庫，而是先送到王檢的辦公室來了。」

「多久？」

「應該有半天以上，是證物庫的人一直催促，令股才送過來的。」法警長實話實說：「那時候證物庫就發現封條有破損了，就問到我這裡來，我也回答不出來。」

證物是需要經過調閱才能開封條的，過程也必須全程錄影，詳實記錄。王亮將證物搬到辦公室，這都不算正式調閱，並不能拆封條，誰知道他當時對證物做了什麼。

「我想已經很清楚了，這幾天，唯一沒透過正當管道觸碰證物的，只有王檢座您。」王碩彥笑著對王亮說道，並指著桌上那些消失的部分：「所以我就想問，這些缺失的文件跑哪兒去了？」

「你憑什麼認定證物有缺失？」王亮大聲反問：「腳印有可能在運送的過程中被磨滅掉了，也或許你當天根本沒留下那麼清楚的腳印！」

「你這番說詞不會有點薄弱嗎？當天我把文件搞得有多髒，我相信在場的人都看見了。」王碩彥望向他身後板橋分局的兄弟說道：「缺失的證物要請您交出來，那攸關這起製毒案能不能順利偵破。」

講到這裡，一直在後方默默聽著的板橋分局長出聲了，他也不問王亮，而是對著陪同他上樓的主任檢察官，王亮的上司說道：「上級非常重視這起緝毒案，署長、部長，甚至是院長都很關心，這次搜出來的毒品市值高達二十億，部長也交代了，務必徹查到底，現在出這種紕漏，我實在很難解釋啊。」

「是是是，真的很抱歉。」主任檢察官拍拍分局長的肩膀說道：「我也不知道這案子會搞成這樣。」

「雖然我們是檢警一體，但要是搞得不好，惹得上面生氣，我坦白講，我們板橋可不當砲灰喔。」分局長話說得直接：「誰的疏失、誰的責任，還得分清楚才行。」

他接著和王碩彥對看一眼，決定不再客套，挺身發話：「我認為王檢座已經無法再秉持公允，還請主任另外指派他人承辦這起案件。貴署在保管證物方面有嚴重瑕疵，這點我要請在場的風紀單位徹查，他案是否也有類似狀況。本案那些缺失的證物，我也要求貴署必須在兩天之內找出來，否則我將上報法務部，釐清是否有瀆職之嫌。」

這一番話說得在場人士臉色難看，王亮身為當事者，愣是不敢吭聲，他的上司，主任檢察官，更是只能連連稱是，不敢辯駁。

分局長在這裡並不是官位最大的，論層級關係，他也只和王亮平級。但他身為此案警方的最高對口，地檢署不給他交代是說不過去的，一個緝毒案能弄得亂七八糟，那可是會把整個檢警系統拖下水的。

「我晚點就請示檢察長，一定給您交代。」主任檢察官對分局長說道，並命令在場的證物庫人員：「把這些證物都送到我辦公室去，先上封條，還有本案卷宗也帶去。另外請束股、連股、風股都到我辦公室，我重新派發這案子。」

在檢察單位，每個「股」都是一個小組的意思，由檢察官領導，像令股就是以王亮為首的小組。王亮就像被賞了一巴掌一樣，只能愣在原地，平日再怎麼囂張的他，此時也只能吃啞巴虧。有些話他不能講，但這起製毒案背後的勾勾搭搭，豈是他一個人就能隻手遮天的？

主任和檢察長，誰不涉身其中？現在他們竟敢聯合外人，公然背叛他！

難道就不怕他把一切都捅出去嗎！

「主任，你確定要我把案子移交出去嗎？」王亮瞪著他問道。

「你沒聽清楚我說的話嗎？」主任檢察官只是冷冷的回答：「前幾天就要你交出來了，你硬要拖到現在。」

然後就沒王亮的戲分了，法警遵照指示，將所有的證物及王亮櫃子上的文件搬走，王亮沉著臉，也沒有再多說一句話了。

「那就麻煩你了，請盡量協助我們偵辦。」分局長和主任寒暄著，一面走出辦公室：「看是哪位檢察官接手都好。」

「是是是，我這邊會儘快發落。」主任檢察官回答。

就這樣，任務告了一個段落，板橋分局等人先行離開，王碩彥、簡育韋，一行人浩浩蕩蕩的離開了地檢署。留下風紀人員處理王亮的疏失問題，調查證物的保管瑕疵。

氛圍其實有點奇怪，王碩彥怎麼想就怎麼不對，王亮在他眼裡可是個大魔王般的人物，心狠手辣一招就能讓你斃命，怎麼會一動也不動的站著挨打？

事情的進展會不會有點太順利了？這王亮老實講，從頭到尾也沒正面攻擊過王碩彥和簡育韋，只派了些督察人員騷擾他們。

憑他的實力，他有這麼好心嗎？

「這王亮有問題。」回程的路上，王碩彥說道。

「有問題？怎麼說？」簡育韋立即問道。

「他根本沒把我們當一回事。」王碩彥苦笑道，原來，王亮從頭到尾都懶得對付他們：「他不曉得在謀劃什麼，他把所有的精力都放在那裡，根本無心搭理我們。」

「你也這麼覺得嗎？」簡育韋心有靈犀的點點頭：「那你覺得他在謀劃什麼？」

「不知道，但應該與我們無關，我們太小咖了，他看不上。」

嘴上說不知道，但其實心裡有七八分答案。王亮最後和主任檢察官吵的那兩句話帶有玄機，王碩彥早就知道這人體製毒案不可能只有一位檢察官介入，現在倒能稍微驗證，還有更高層的人介入。

主任也有問題吧，王碩彥這樣覺得，嫌疑肯定是跑不掉的。

「但學長，你真的好厲害。」簡育韋突然對王碩彥說道。

「厲害什麼？」

「那天你把抽屜都推倒，在證物上面亂踩，我還以為你只是生氣，沒想到你是故意的。」簡育韋崇拜的說道：「原來是為了今天做準備。」

「哼，想太多，才不是。」王碩彥笑道：「我那天是真的生氣，後來也沒料到可以用這招。」

「哈哈哈，原來啊。」簡育韋將手搭在車窗上，眺望地檢署的方向：「那之後我們要怎麼繼續查？主任真的會把證物交給我們嗎？」

「這我不確定，但我們有另一條線可以做。」王碩彥回答。

「什麼線？」

「你女友不是提供了一項祕密計劃嗎？」王碩彥提起了這件事：「她的主管聯絡我了。」

「咦？真的？」簡育韋喜出望外。

「對，等等你就先回派出所吧，我還有事要跟分局長報告。」

「如果有什麼好消息要跟我說喔！」

「哪會有什麼好消息？」王碩彥覺得又好氣又好笑：「都是麻煩的消息。」

板橋分局內，分局長還沒回來，王碩彥坐在會客室外，靜靜的等著。能見到牆上就擺著分局長的照片，這並不是自戀，每個政府部門都會擺上自己主官、以及局長、市長、副市長的照片。

這個分局長名叫蕭裕西，長著一張嚴肅的臉，有稜有角。平時沒什麼存在感，屬於默默做事的類型，只會在公事上與人交際。但坐到了這個職位，王碩彥很明白，他和所有人一樣，都是想往上爬的，不管野心大或小。

蕭裕西一走進來，原本想脫外套，立刻就看到了王碩彥。

「怎麼在這裡？」他問道，想起了王碩彥早上也是像這樣突然來找他，神色便嚴肅起來：「案子還有什麼內情嗎？」

王碩彥笑著，過了一會兒才回話，但劈頭就是一句：「分局長，你想不想升官？」

這話令蕭裕西愣住了。

王碩彥享受著這種奇妙的感覺，他曾對陳敬朋說過一模一樣的話，如今換成了蕭裕西也一樣。他坐著，蕭裕西站著，即使是高高在上的分局長，也不得不被這句話給懾服。

「你什麼意思？」蕭裕西謹慎的問道。

「分局長，如果我說，這起事件不只能拉下王亮呢？」王碩彥凝視著他說道。

「你還想拉下誰？」蕭裕西目光變得犀利起來，即使他自詡為人正派，不走旁門左道，此時也想聽下去。

「我不知道還能拉下誰，但拉下一個檢察官，對你來說沒半點好處，你需要拉下的是警官。」王碩彥莞爾笑道，腦海裡閃過了幾張臉孔，包括林木森的：「這案子我們可以辦得更透徹，你要指望地檢署真心幫我們，恐怕很難。」

蕭裕西不說話，他自然知道地檢署在隱瞞什麼東西，但他也沒有很感興趣，畢竟那是他們檢察官自己的事情，影響不了警界。今天，他會答應王碩彥的要求，一同前往地檢署處理案子，也只是基於他的使命感而已，逞逞威風也沒什麼壞處。

「你已經拉下一個林木森了。」蕭裕西說道，他也不迷糊，知道屬下都在做什麼：「你那機密性緝毒專案，竟然查到胡棟樑的學弟頭上。」

「你應該不埋怨我吧？這胡局長又不待見你。」王碩彥不跟蕭裕西客套，也不避諱兩人之間官級的差距：「所以我才問你，你想不想升官？」

「你還想拉下誰？」

「胡棟樑。」

蕭裕西的瞳孔閃了一下，雖有預料到這個答案，但親耳聽見時還是十分震驚：「憑什麼？」他問道。

「憑我現在手中有一樣武器，我覺得胡棟樑應該在它射程範圍裡面。下樑不正，上樑肯定好不到哪裡去，林木森倒了，胡棟樑也不是什麼好咖。」王碩彥賣著關子，思索著要怎麼透露小莉所提供的計畫：「但我確定，即使胡棟樑不倒，如果由你來主導這件事，你也可以風風光光的破獲一宗大風紀案件。」

蕭裕西聽王碩彥說得煞有其事，也沒心思再兜圈子了。他冷靜的將外門關上，請王碩彥到他的辦公室裡頭去，再將內門關上。

王碩彥直接將這陣子以來，他和簡育韋對抗王亮所經歷的一切告訴蕭裕西，包括了那兩具屍體的弔詭結案，以及製毒工廠背後可能隱藏的龐大勢力。他坦承以告，說除了王亮外，刑事局以及新北市警察總局，可能都涉及了貪汙包庇。

蕭裕西是吃這一套的，因為他和胡棟樑、林木森以及刑事局都不是同個派系，所以對方有沒有貪汙，他不會知道，對方也不會帶著他一起玩。

警察向來都分派系，王碩彥不能確定眼前這五十多歲的老警官操守如何，但百分之百跟這起人體製毒案無關。

「那你有什麼線索？」蕭裕西聽完，單刀直入的問：「你有證據？」

「馬上就會有了。」王碩彥回答，思路清晰的說道：「林口這次因貪汙被抓的警員，有一個是我朋友，他說了，毒販那邊還有一筆六百萬的贓款沒分出去，那筆錢是要給政府高層的，作為安全下莊的尾款，感謝這次緝毒都沒抄到真正的黑道上游。」

「他說的話能信？」蕭裕西先懷疑這一點：「很熟的朋友？」

「不熟，但在他進看守所之前，我和他深聊過。」王碩彥沒有多解釋什麼，就如同他當初套阿寶的話那樣，他對這些身處絕境的人，總是能說服他們說出真相：「我相信他講的，如果分局長也相信我，那就成了。」

「即使你知道還有六百萬沒分出去，那又怎麼樣？」蕭裕西問道：「你知道他們後續要分給誰？」

是呀，即使有六百萬要分出去，那又如何？他能知道何時取款嗎？是誰取款的？取了款又會在幾月幾號給誰？在哪裡給？

但蕭裕西不知道，王碩彥已經在昨天和小莉聯繫了，小莉曾和簡育韋說過，她的銀行正在進行一項防制洗錢的實驗計畫，這儼然是天上掉下來的武器。

「我有認識一位銀行的高層，她能夠用ＧＰＳ衛星定位來追查現金流向。」王碩彥說道，她昨天不只和小莉聯繫，也和小莉的上司的上司見面聊過了：「這六百萬，只要植入追蹤器，不管逃到天涯海角都找得出來。」

「啊？真的？」蕭裕西眉頭緊皺，還是第一次聽到這種事情，彷彿是天方夜譚：「但你要怎麼知道這六百萬從哪裡取出來？」

「這六百萬看起來很多，其實在整個利益輸送中，算很小的金額了。這樣子的金額，他們都是派車手來處理的。」王碩彥回答：「我知道這車手是誰，我已經問好了，也是跟林口那個被抓的同仁問的，他一直都跟這車手有聯繫。簡單講，車手是黑道方面送錢的，這個同仁則是我們警察方面收錢的，他們是兩邊各自的對口。」

蕭裕西一聽到這句話，才眼睛一亮，霎時覺得這事情是有著落的。他趕緊說：「那就跟監這個人吧？他和誰見面，只要跟了就一清二楚。」

「那可不一定喔，錢幾經轉手，會流過多少白手套不知道。」王碩彥笑道：「所以跟監應該是沒用的，但分局長你是不是沒聽懂我剛才說的？我們可以在鈔票裡植入追蹤器，屆時錢跑到哪裡去了都知道。」

蕭裕西此時才猛然明白王碩彥的計畫，他恐怕是要買通這個車手，在這六百萬上動手腳。反正不管錢在中途怎麼轉折，換成珠寶、換成金條，都能逐一追查出來，找到最終真正收賄的人。

沉且以現在的社會氛圍，貪汙抓得嚴，大部分人一拿到現金後，不放個三五年是不會動的，洗錢的管道又變得很少，什麼換成外幣、換成股票，早就行不通了，最安全的作法就是藏著鈔票，實體的東西你藏進保險箱裡，除非人家查到房間裡頭來，否則一輩子都不會被發現。

但這正好中了王碩彥的下懷，他們在鈔票上植入追蹤器，就專門抓這些人！要是對方中途把鈔票給換成了其他東西，才反而變得更麻煩。

「但你要怎麼裝追蹤器？」蕭裕西聽出了整個計畫最大的重點：「鈔票一張就那麼薄、那麼小，你追蹤器再厲害、再小顆，也是會被發現吧？你要裝在哪裡？條碼上嗎？如果對方有驗鈔機，不就會被驗出不對勁？」

「這就不是我們該擔心的點了，分局長。」王碩彥無奈的笑著，蕭裕西好像一直沒聽懂他說的計畫呀：「要和我們配合的是銀行、是國家的中央印鈔廠，他們會製造出完美的定位鈔票，那是他們的任務。」

「中央印鈔廠！」蕭裕西驚訝的問道。

「是的，這個計畫是我爭取來的，其實我們板橋分局還不夠格和他們合作呢，若不是剛好有認識的人在中間極力撮合，我們根本沒這個機會。」

「那現在呢？具體是要怎麼合作？」

「分局長要先了解，這起計畫必須嚴格保密，除了你和我，不能有第三人知道細節，其他同仁都只能是聽命執行的角色，才能確保成功。」王碩彥說道，可以預料一個場景，就是在追蹤器發揮功用、追查到目標後，大夥兒才知道他們所逮捕的人，竟是大名鼎鼎的檢察官或是政府高官。

「我懂你的意思。」蕭裕西點頭，他的地盤被刑事局、總局或地檢署滲透早不是一天兩天的事了，又怎麼會不知道周遭都是眼線，他早就想擺脫這一切了：「等會兒我就馬上成立專案小組，你就擔任負責人，這件事就由你主導。」

「在這之前，我們得先去見一個人。」王碩彥笑道，他已經安排好了一切：「中央銀行的副行長，我們要討論所有的細節，還必須簽訂協議，您必須帶上您的用印還有分局關防章。」

在特定鈔票中植入微型追蹤器，這種技術在國外已經有人實現，但在國內還在實驗階段。不管是印鈔廠方面的開模製作，還是後續的追蹤銷毀，都是一大考驗，然而這不是王碩彥該擔心的事。他們警方就做好警方的工作，銀行方面也會做好他們的工作的。

第十章

這天，風和日麗，已經按捺了一個禮拜的板橋分局揮軍出擊，配合調查局以及各大政風處室，兵分四路進行搜索及拘捕。

六百萬的金流在衛星定位的監控下無所遁形，索賄的人並不知道他們手中的每一張鈔票都會在電腦地圖上顯示。這筆錢分分合合，最後變成了四筆，分散在台北市、新北市及桃園市等四個地點。

蕭裕西、王碩彥和簡育韋主攻金流最大的一筆，位在台北市的精華地段，一共有三百零六萬元。他們帶著大批人馬進入豪宅社區，事先王碩彥已經調查過，這是一個私人招待所，屋主是陌生姓名，在尚未短兵相接前，他們完全不知道將會看見誰。

眾人到達了招待所的大門，分局的刑警拿來兩個鐵柄，不由分說便撬開門鎖。

「開門，不准動！」

「警察！」

持盾的同仁率先發難，厲聲進入屋內，蕭裕西和王碩彥在門外等了五秒，確認沒有危險後，也跟著進去。

映入眼簾的是一個日式屏風，牆上全擺著山水畫，眾人繞過屏風，便見到了一張大茶桌，正在用茶聊天的有三個人。那三人看見有大批警察闖入，全愣著，其中一位手上還端著茶杯呢。

而這三個人，其中一位不認識，另外兩位，都是警界高層。

一位是喜歡穿便服，處事親民的新北市警察局局長，胡棟樑。

另一位則是滿頭白髮，刑事警察局的副局長。

第三位，中年男子，端看言行舉止，應該是個商人。

「你們……這是在幹嘛？」胡棟樑皺眉問道，這時才回過神，他雖身為警察局長，見到了大批警察還是被嚇住了。

王碩彥出示了手中的搜索票，表示正在查辦貪瀆案件，要胡棟樑配合。他望著胡棟樑，嘴裡說著話，卻幾乎聽不見自己的聲音。

他沒想到，竟真的會見到胡棟樑呀，眼前這人是他的局長，他是有想過無數次胡棟樑的嫌疑，但事實擺在眼前時，還真無法接受。

「什麼貪瀆案？你們在說什麼？」胡棟樑裝傻，並接過眼前的搜索票，準備大怒，卻忽然發現蕭裕西的存在，整個人大驚：「裕西，你怎麼在這裡？」

「這件事就是我們板橋主辦的。」蕭裕西面色生硬的說道。

「主辦什麼？你們憑什麼搜索我的房子？」胡棟樑怒道。

「所以這是你的房子？」王碩彥接過他的話：「那請你主動將三百零六萬元的賄賂款交出來。」

「什麼三百零六萬元？」胡棟樑繼續裝傻，但在聽到那麼準確的數字後，臉頰抽搐了：「你們不要胡說八道！」

「都已經到這個地步了，你還不承認嗎，局長？」王碩彥說道，讓簡育韋將手提電腦拿來，打開銀行給他們安裝的軟體，秀出了上頭的衛星定位：「你拿到的鈔票，從銀行被印出來時，就已經全被植入了追蹤器，而且也記錄了編號。現在電腦顯示，這筆錢就在這房子裡，你還有什麼話說？」

胡棟樑瞪大眼望著螢幕，額頭青筋爆出，腦袋以最快的方式想了千百種可能，只要能脫罪都行，最後卻發現自己完了：「錢……不是我的錢啊！這也不是我的房子啊！」

「你剛剛說是你的了。」王碩彥冷靜的說道：「而且不管房子是不是你的名字，你要如何解釋自己出現在這裡？」

「這是我朋友的房子啊！」

「那就請你朋友來做筆錄吧，看他如何解釋房子裡的錢，我們會問清楚的。」王碩彥說罷便朝大夥兒示意：「現在搜！找到鈔票馬上採集指紋，還有把他們的手機都扣押，勘驗裡面的對話記錄。」

「住手！」胡棟樑罵道，望著已經蓄勢待發的搜索人員：「不准動！你們全是我底下的人，敢動一步，我讓你們全部倒楣！」

「胡先生，你現在涉嫌貪汙治罪條例以及洗錢防制法，請配合。」調查局的官員出聲了。

胡棟樑見到了他胸前配戴的證件，退了一步，不敢置信的看向蕭裕西：「蕭裕西，現在是怎樣？連調查局都出動了？」

蕭裕西身為此時最高的指揮官，只是抿著嘴唇，明確的命令道：「搜！」

大批警察開始在屋內翻箱倒櫃，搜查那筆現金。胡棟樑一改先前溫和的個性，不斷破口大罵，似乎是狗咬屁股，急了。

而刑事局的副局長則面色蒼白的坐在椅子上，不吭一聲，他是聰明人，知道自己也出事了，肯定有另一批人也正在搜查自己家裡，他昨天才剛拿到屬於他的賄賂款，一百多萬而已，沒想到今天就曝光了。

王碩彥也早料到，刑事局肯定也有人在照應販毒集團，否則當初就不會那麼積極的介入這個案子。他們一個三線三星，一個三線二星，都是見過總統的簡任官，是名副其實的政府高官，竟然做出這種事。

很快的，板橋分局的同仁就在屋內搜出大筆鈔票，擺在桌上，合計超過兩千萬元，比原本要搜的三百萬還超出數倍。這多出來的錢，肯定也來歷不善，胡棟樑要想解釋清楚可有得說了。

大勢已去。

「你們三人罪嫌重大，現在要將你們逮捕，你們有權保持沉默，並可以聘僱律師，或尋求法律扶助……」王碩彥讓簡育韋去向三人說明應告知的事項，簡育韋滿身大汗、如履薄冰。這些平時對壞人說的宣告詞，今日竟然是對著他的局長說。

胡棟樑面如死色，已經無話可說，他僵著身體坐在椅子上，和刑事局副局長面面相覷，沉默已經是他們最後維持尊嚴的方式。

「人先送我們調查局去吧，警察不好辦這個案子，免得有瓜田李下之嫌。」調查局的官員說道，和蕭裕西及現場的風紀人員討論了一下：「媒體已經知道這件事了，上級也一直打電話來，總統府也有來電，先把人帶走，避免夜長夢多。」

「另外三處的搜索狀況怎麼樣？」蕭裕西向王碩彥問道。

王碩彥也正因為這件事在通電話，他趕緊回答：「很順利，都有搜到現金，但有一處屋內沒人，正在追查。」

「了解了。」蕭裕西點頭。

另外三處，分別是刑事局副局長的住所、新北檢察長的住所還有另一位法務部高官的住所，他們都將錢堂而皇之的放在家裡，以為轉來轉去已經洗乾淨了流向，殊不知鈔票上早已被裝了衛星定位。

王碩彥猜的沒錯，檢察長也有參與此事，而不是只有王亮一個基層檢察官涉案。今天搜到的四處，僅僅是基於六百萬尾款所追蹤出來的成果，冰山下面，還有數千萬到數億元尚待釐清呢。

然而王碩彥還是覺得有哪裡怪怪的，怎麼今天一排倒的全是大官？雖然六百萬也是錢，但收尾款的全是局長、副局長、檢察長等等首席人物，陣容不會有點太華麗了嗎？

畢竟才六百萬呀！

所謂尾款，抓的就是最後一隻老鼠，怎麼抓到的都是大老鼠？

王亮呢？

※ ※ ※

幾天後，板橋分局協同調查局發布新的新聞稿，對於整個緝毒案，有了新的偵辦結果。

除了原本的嫌犯三十三人外，另外揪出了幕後操控的黑道集團，全案朝組織犯罪偵辦，並追查出毒品的原料來自於一家知名藥廠，製造方式令各界譁然，竟是利用人體的自然代謝機制，也就是尿液，來產生安非他命。

這些內幕引起軒然大波，教唆服用癲癇藥的黑道老大被關押，黑道小弟共一百多人遭到約談，藥廠相關人員及負責人也遭關押，追究法律責任。

最重要的，新北市警察局局長胡棟樑、刑事局副局長、檢察長、主任檢察官、法務部司長、林口分局長林木森等等一干人等的貪汙弊案被揭露，他們涉嫌向黑道收取數百萬到數億元不等的賄賂，利用職務之便包庇其罪行。

因為是重罪，在搜索攻堅的當天，他們就全數被羈押了。看著他們在新聞上蒙頭遮手的畫面，簡育韋不勝唏噓，還記得「毒品月」剛開始時，胡棟樑還叮囑他們要除暴安良、拿出績效，沒想到最大尾在包庇毒販的人，就是他。

這些人平時道貌岸然，背地裡卻幹這種傷天害理的事，簡育韋忽然覺得，以後再聽到哪個長官義正嚴詞的說，要打擊犯罪、伸張正義，他都不會再相信了。

卻有一個人全身而退了，竟然是王亮。

「檢察長被抓了，主任也被抓了，王亮竟然沒事。」王碩彥說起了這件耐人尋味的事情：「我早知道他在打什麼壞主意，沒想到竟是在想辦法替自己脫罪。」

王碩彥的腦海浮現出王亮那副老謀深算的臉孔，王亮終究不是省油的燈。

GPS定位鈔票沒捉到王亮，檢察長、主任檢察官的手機記錄也沒搜到王亮，這王亮真是好大的本事，竟然有辦法洗刷掉所有的嫌疑，和人體製毒案撇清關係。

調查局和板橋分局不是沒辦過他，王亮身為核心人物，他們自然想方設法要讓他死，但奈何就是搜不到具體的證據，贓款、金流全都沒有線索，王亮的帳戶也乾淨得發亮，甚至連他的長官都沒有指證他，對他閉口不談，不知是如何做到的。

「但解剖浮屍的不是他嗎？」簡育韋疑惑的問道，談起了一切的起點：「就是他把屍體裡的毒品拿出來的呀，他鐵定知情。」

「他當然知情，他也有涉案。」王碩彥篤定的回答，卻明白這事情已經塵埃落定了：「但你就是搜不到他的把柄，他這個人太高竿了，早在我們開始調查這件事的時候，他就察覺風向不對，拚命在消滅證據了，不然你以為他都在忙什麼？他比我們動作還快呀！說不定在我第一次去拜訪他的時候，他就開始為自己脫罪了。」

「但可以這樣嗎？兩具屍體不都是他插手搶走的嗎？為何找不到他的嫌疑？」簡育韋不甘心的問道。

「我也不知道，但我相信他辦得到。」王碩彥依舊沒忘記初次見到王亮時，他那股可怕的氣勢。

他雖然只是一個檢察官，卻比什麼主任和檢察長要狠多了：「這人沒你想像得那麼簡單，你看檢察長和主任都不敢供出他，胡棟樑也假裝自己不認識他，他可能早就找到這些人的把柄，威脅過他們了。」

「胡棟樑都已經要坐牢了，還怕什麼威脅？」簡育韋納悶道。

「就是這樣，我才說他可怕，是個狠人。」王碩彥回答：「他不會善罷甘休的，這次的風波沒把他整死，他一定會爬得更高。還記得我說過嗎？升官的規則很簡單，上面掉多少人，下面才能補多少人。這回恰巧把他們新北地檢署的檢察長、副檢察長、主任都整掉了，你看他得有多大的本事，才能拿到這副千載難逢的好牌。現在上面的職缺全空著，他只要能挺過去，想怎麼升，就怎麼升。」

「我的天……」簡育韋不可置信。

聽說調查局還會繼續傳喚王亮過去問話，把大漢橋那具浮屍，以及阿寶暴斃的小弟都問個清楚，許多刑案也會重啟調查，釐清真相，但王碩彥知道沒有用的，王亮已經贏了，他到現在都還沒被關，代表法院已經間接給了他清白。

王亮應該是將罪都推給上級了，他稱自己是無辜的，沒見過什麼毒品，上級交代怎麼做，他就怎麼做，而且他也根本沒收錢。

沒想到呀，下屬竟能將黑鍋推給長官揹，這種不可思議的事情，在王碩彥手中沒達成，竟讓王亮這個老狐狸給達成了，王碩彥甘拜下風啊。

「我擔心的是，他未來會找我們的碴。」王碩彥不樂觀的說道：「他那人雖然厲害，但心眼兒很小，肯定會記仇。」

「但我們只是基層警員，他能做啥？」簡育韋反問道：「我們再慘也就爛命一條，沒有升遷的可能，他頂多再叫督察人員過來騷擾我們，但那有什麼意義？他有這麼無聊嗎？」

「嗯，說的也是。」王碩彥聽聽竟覺得有道理，瞬間釋懷了。

他們說不準還是王亮的恩人呀，替他除去了上頭的障礙，把出賣他的主任檢察官都給弄死了，王亮還不來感謝他們嗎？

王碩彥心裡有股難以言喻的複雜感覺，他總算是替自己出一口氣了，把當初害過他的林木森給送進監獄，報了一箭之仇，證明基層員警也有翻身的一天。但他同時留下了王亮這個禍害，還替王亮鋪了一條康莊大道。

「學長，別想那麼多吧。」簡育韋卻拍了拍他的肩膀，安慰他，衝著他一笑：「我們還是成功抓到了一堆討厭的貪官呀，你看，局長都進監獄了，還不爽嗎？我們可是伸張正義的一方，還沒有哪個基層員警能把局長送進監獄的吧？」

「呵呵。」王碩彥被逗笑了：「對呀，我們可是專門查辦重大刑案的403小組。」

「對，403小組！」

兩人又聊了許久，談笑風生，才終於忘了王亮的事情。

簡育韋之所以心情這麼好，除了破案外，是因為，小莉升職了！

小莉因為GPS防制洗錢的計畫大成功，獲得賞識，被調到新莊當主管。新莊離板橋很近，比之前小莉所住的松山要近多了，兩人終於可以相處在一起，不必再分隔兩地了。

簡育韋對此十分期待，在他眼裡，一個嶄新的生活就要開始。

另外還有一個人升職了，那個人不是誰，正是蕭分局長，蕭裕西。

胡棟樑等人的落馬給警界造成了大變動，嚴重的風紀問題甚至讓警政署長被撤換，院級、部級等更高級的督導單位，乃至國會議員，都對警界展開了撲天蓋地的調查，有更多的貪腐案件被挖出來，一個月內，就有數十名高階警官遭到調職及約談。

在這片人人自危的腥風血雨中，蕭裕西升官了，他作為破獲胡棟樑弊案的主事者，直接被任用為新北市的新局長，原地徹查胡棟樑的舊勢力，這也算堵住了悠悠之口，讓眾人信服。

而板橋分局也成為了在這一片低靡氣氛中，唯一歡樂融洽的分局，他們破案有功，原分局長又成為了局長，根本享盡了關愛與榮耀。有不少人都被蕭裕西調到了總局去，晉升重要職務，可謂是一人得道，雞犬升天。

但這都跟基層警員沒有關係，警員永遠是警員，升職只有警官的事。儘管出力最多的是王碩彥和簡育韋，他們還是在最低階的崗位上工作，更驗證了王碩彥說過的「再努力也是幫長官抬轎而已」。

然而，那又如何呢？

今天還發生了一點小插曲，先前擄人勒贖案被救的花店老闆，因為感謝警察，就送來一堆店裡快過期的花，擺在門口，超像喪禮告別式的奠儀花圈，所長看到整個震怒，直接派人搬出去全部丟在垃圾桶，還撂狠話要那個老闆不要太白目，他不是好惹的。

警察最重視風水這種東西，不能討個好彩頭就算了，還擺死人花圈，簡直是觸霉頭！

除了花圈，他們還收到很多水果和禮品，這些水果都是從總局來的。蕭裕西升官，各界都送禮給他，他感念是王碩彥立的大功，便將所有的賀禮都送到派出所來。短期內真的十分風光，榮耀在頭上，陳敬朋也因為這起事件，快升官了，完全不管事。

今天來了高級的水梨，眾人就在一樓的沙發區吃起來，簡育韋也在其中，他剛剛才從外面回來，交通指揮站得他一身汗，熱得要死。

「啊鹽哥勒？」同事向簡育韋問道。

「我們沒在一起，我剛剛站交通崗。」簡育韋回答：「他好像去分局了。」

「去分局幹嘛？」

「新的分局長想見他，他畢竟是風雲人物。」

「哎，風雲人物嘛，我們要感謝鹽哥，感謝你們403小組。」另一個同事調侃道，並舉起手中被啃了一半的水梨：「這些水果都是靠你們和分局長拚來的，我們啥也沒做，都是吃瓜群眾，謝謝鹽哥！」

「謝謝鹽哥！」眾人都煞有其事的舉起梨子，好像在敬酒一樣，但王碩彥根本就不在這裡。

大家都在吃水果，簡育韋卻注意到有個人沒在吃，就是奶瓶姊。

奶瓶姊獨自坐在最邊邊，低頭玩著手機，一副悶悶不樂的樣子。

「奶瓶姊，妳怎麼不吃啊？不喜歡梨子嗎？」簡育韋關心的問道。

奶瓶姊還沒回答，周圍的人就搶著說：「她早上才和鹽哥吵架，不可能吃鹽哥的水果啦。」

「和鹽哥吵架？」簡育韋十分好奇，奶瓶姊和王碩彥根本是兜不起來的兩個人，怎麼可能吵架？

「哈哈哈，你是真的不知道喔？」眾人逐漸起鬨起來：「奶瓶姊的綽號不是鹽哥取的嗎？結果你知道怎樣嗎？」

「你們可不可以不要聊別人的八卦？」奶瓶姊突然發火，站起來瞪大家。眾人趕緊閉嘴，簡育韋也嚇了一跳，他可沒看過奶瓶姊這麼生氣。

「好好好，不說了不說了。」同事們趕緊做出嘴巴拉拉鍊的動作。

簡育韋和奶瓶姊算感情非常好，好到像閨密一樣，聊起來可以聊一整天。此時見奶瓶姊臭著臉走遠，簡育韋便跟上去，他覺得與其聽那些同事說，不如聽奶瓶姊自己說。

奶瓶姊氣了許久才不甘心的說出早上的事，原來當初王碩彥給她取個「奶瓶」的綽號，並不是「奶瓶」，而是「奶平」，在嘲諷她胸部很小。

「媽的，害我以為是個很可愛的綽號，還讓你們叫了那麼久！」奶瓶姊氣憤的說道，平時柔弱的她也飆出了髒話：「以後誰要是敢再叫我『奶平』，誰就死定了！」

「……」

簡育韋臉上三條線，雖然很想笑，但不敢笑出來。王碩彥果然是王碩彥吶，開了個這麼流氓的玩笑，還讓奶瓶姊被叫了這麼多年才公布真相，真的是過分了，過分了。

王碩彥還沒回來，簡育韋等著他，等著他的搭檔，等著未來的日子，繼續一起上班。

遙想這陣子以來所發生的一切，都宛如電影情節那般緊張刺激，且有趣。

是因為王碩彥吧？

王碩彥真是個神奇的人吶，看似渾渾噩噩，卻也有自己的堅持。簡育韋在他身上學到了很多，想到未來都可以和他在一起，簡育韋心中就很雀躍。

他從門口玻璃的反光看到了自己的臉，看到了自己戴交通警帽還沒摘，彷彿又回到了從警的第一天，他向他的師父王碩彥報到，生氣勃勃，充滿希望。

未來也請多多指教了！

要推理107　PG2907

要有光
FIAT LUX

403小組，警隊出動！
【修訂版】

作　　者　　顏　瑜
責任編輯　　喬齊安、尹懷君
圖文排版　　蔡忠翰
封面設計　　劉肇昇、吳咏潔

出版策劃　　要有光
發 行 人　　宋政坤
法律顧問　　毛國樑　律師
印製發行　　秀威資訊科技股份有限公司
　　　　　　114台北市內湖區瑞光路76巷65號1樓
　　　　　　電話：+886-2-2796-3638　傳真：+886-2-2796-1377
　　　　　　http://www.showwe.com.tw
劃撥帳號　　19563868　戶名：秀威資訊科技股份有限公司
　　　　　　讀者服務信箱：service@showwe.com.tw
展售門市　　國家書店（松江門市）
　　　　　　104台北市中山區松江路209號1樓
　　　　　　電話：+886-2-2518-0207　傳真：+886-2-2518-0778
網路訂購　　秀威網路書店：https://store.showwe.tw
　　　　　　國家網路書店：https://www.govbooks.com.tw
總 經 銷　　聯合發行股份有限公司
　　　　　　231新北市新店區寶橋路235巷6弄6號4F
　　　　　　電話：+886-2-2917-8022　傳真：+886-2-2915-6275

出版日期　　2023年1月　修訂一版
定　　價　　280元

讀者回函卡

Printed in Taiwan

國家圖書館出版品預行編目

403小組,警隊出動! / 顏瑜著. -- 修訂一版. --
臺北市 : 要有光, 2023.01
面 ; 公分. -- (要推理 ; 107)
ISBN 978-626-7058-72-5(平裝)

863.57 111021370